6,80

Königs Erläuterungen und Materialien
Band 17/17a

Erläuterungen zu Hermann Hesse Peter Camenzind Unterm Rad Knulp

von Dr. Martin Pfeifer

C. Bange Verlag - Hollfeld/Ofr.

Herausgegeben von Peter Beyersdorf, Gerd Eversberg
und Reiner Poppe

1. Auflage 1978
ISBN 3-8044-0206-2

Druck: Lorenz Ellwanger, 8580 Bayreuth, Maxstraße 58/60

Inhalt

Vorwort

Mit diesem Bändchen sollen Anregungen bei der Beschäftigung mit drei frühen Werken Hesses gegeben werden. Alle drei Werke zeigen eine einheitliche Grundhaltung. Sie sind Ausdruck seines Ringens mit gesellschaftlicher Wirklichkeit und lassen bereits ausgeprägt seinen Eigensinn erkennen: „Wer eigensinnig ist, gehorcht einem anderen Gesetz, einem einzigen, unbedingt heiligen, dem Gesetz in sich selbst, dem 'Sinn' des 'Eigenen'." Sie sind mitunter aggressiv, ironisch und brechen mit tradierten Vorstellungen im Bürgerbewußtsein und sind dennoch von einer geistigen Redlichkeit, die noch nach mehr als einem halben Jahrhundert unsere Bewunderung fordert. Dem allen auf die Spur zu kommen, dazu soll dieses Bändchen dem Leser helfen.

Die Kurzbiographie erleichtert die Einordnung der Werke in das Leben und Gesamtschaffen des Dichters. Zu jedem der drei Werke wird dann jeweils eine kurze Darstellung der Entstehung und Verbreitung gegeben, dann folgt eine Inhaltsangabe. Erklärungen von Einzelbegriffen sowie kritische Kommentare schließen sich in den Erläuterungen an. Eine Darstellung der Hauptprobleme leitet die Materialien ein. Dann folgen kontroverse Interpretationen, die eine eigene Urteilsbildung des Lesers herausfordern und zu differenzierter Betrachtung der Werke führen sollen. Die Literaturhinweise am Schluß des Bändchens sind als Anregung zur weiteren Beschäftigung mit diesen drei Büchern und mit dem Gesamtwerk Hesses gedacht.

Konflikte und Erkenntnisse, sein Leben und seine Haltung zum Leben erfahren in seinen Dichtungen außerordentliche Brisanz. Hesse ging es nicht nur um die Gestaltung eines Bildes vom Menschen, um die Bezeugung der Wiederkehr polarischer Spannungen sondern mehr noch um das Überschreiten von Lebensstufen, um eigenes Transzendieren, hin zum Geist. Ein paar Schritte mitzugehen, vom „Peter Camenzind" bis zum „Knulp", dazu gehört die Bereitschaft des Lesers. Einiges davon bewußter zu machen ist das Ziel dieses Bändchens.

Abkürzungen

AB	Hermann Hesse: Ausgewählte Briefe. Erweiterte Ausgabe. (Frankfurt a. M.:) Suhrkamp (1974). (= suhrkamp taschenbuch. 211.)
Ball	Hugo Ball: Hermann Hesse. (Frankfurt a. M.:) Suhrkamp (1977). (= suhrkamp taschenbuch. 385.)
Böttger	Fritz Böttger: Hermann Hesse. Berlin: Verlag der Nation (1974).
GB	Hermann Hesse: Gesammelte Briefe (in drei Bänden. Frankfurt a. M.:) Suhrkamp (1973 ff.)
GE	Hermann Hesse: Gesammelte Erzählungen (in vier Bänden. Frankfurt a. M.:) Suhrkamp (1977). (= suhrkamp taschenbuch. 347, 368, 384, 413.)
GW	Hermann Hesse: Gesammelte Werke (in zwölf Bänden. Frankfurt a. M.:) Suhrkamp (1970).
KuJ	Hermann Hesse: Kindheit und Jugend vor Neunzehnhundert. (Zwei Bände. Frankfurt a. M.:) Suhrkamp 1966 und 1978.
Lüthi	Hans Jürg Lüthi: Hermann Hesse. Stuttgart, Berlin, Köln, Mainz: Kohlhammer (1970).
Middell	Eike Middell: Hermann Hesse. Leipzig: Reclam 1972. (= Biografien und Dokumente. 169.)
PdG	Hermann Hesse: Politik des Gewissens. (Zwei Bände. Frankfurt a. M.:) Suhrkamp (1977).
Stolte	Heinz Stolte: Hermann Hesse. Hamburg: Hansa-Verlag (1971).

Kurzbiographie

1877 wird Hermann Hesse am 2. Juli in Calw/Württemberg als Sohn des aus Estland stammenden Missionars und späteren Leiters des Calwer Verlagsvereins Johannes Hesse (1847–1916) und Marie Hesses geb. Gundert verw. Isenberg (1842–1902), der ältesten Tochter des namhaften Indologen und Missionars Hermann Gundert, geboren.

1881 bis 1886 lebt Hesse mit seinen Eltern in Basel. Dort erwirbt sein Vater

1883 die Schweizer Staatsangehörigkeit. Nach der Rückkehr nach Calw besucht er das Reallyzeum und von

1890 bis 1891 die Lateinschule in Göppingen. Er legt das Württembergische Landesexamen ab, um die Theologenlaufbahn einzuschlagen. Sein Vater erwirbt deshalb für ihn 1890 die württembergische Staatsangehörigkeit. Im September

1891 tritt Hesse in das evangelische Klosterseminar Maulbronn ein. Anfang März

1892 läuft er davon, weil er „entweder Dichter oder gar nichts" werden will. Im Mai bricht er die Seminarausbildung ab, wird zu Christoph Blumhardt (zum „Teufelaustreiben") nach Bad Boll und danach in die Nervenheilanstalt Stetten im Remstal gebracht. Ab November besucht er das Gymnasium in Cannstatt, besteht dort im Juli

1893 das Einjährig-Freiwilligen-Examen, verläßt im Oktober das Gymnasium, beginnt eine Buchhändlerlehre in Eßlingen, bricht sie aber nach zwei Tagen ab. Von Juni

1894 bis Oktober 1895 ist er Praktikant in der Calwer Turmuhrenfabrik Perrot. Von

1895 bis 1898 ist er Lehrling in der Buchhandlung J. J. Heckenhauer in Tübingen.

1899 veröffentlicht er seine ersten Werke: den Gedichtband „Romantische Lieder" und die Prosastudien „Eine Stunde hinter Mitternacht". Im Herbst wechselt er als Buchhandlungsgehilfe zu R. Reich nach Basel. Von Basel aus unternimmt er

1901 seine erste Italienreise. Er veröffentlicht „Hinterlassene Schriften und Gedichte von Hermann Lauscher" und

1902 einen Band „Gedichte"; sie sind seiner Mutter gewidmet, die kurz vor Erscheinen des Bändchens stirbt.

1903 unternimmt er eine zweite Italienreise, nachdem er seinen Beruf als Buchhändler und Antiquar aufgegeben hat. Der Berliner Verleger Samuel Fischer tritt auf Anregung des Schriftstellers Paul Ilg an Hesse mit dem Ansinnen heran, gelegentlich Arbeiten einzureichen.

1904 erscheint im Verlag S. Fischer sein Roman „Peter Camenzind", der ihn schnell berühmt macht. Für diesen Roman erhält er den Wiener Bauernfeldpreis. Er heiratet die Baslerin Maria Bernoulli (1868-1963). Aus dieser Ehe stammen die Söhne Bruno (geb. 1905), Heiner (geb. 1909) und Martin (1911–1968). Er bezieht mit seiner Frau ein leerstehendes Bauernhaus in Gaienhofen am Bodensee. In diesem Jahr erscheinen auch seine Bändchen über „Boccaccio" und „Franz von Assisi".

1906 erscheint die Erzählung „Unterm Rad" und

1907 der Erzählungsband „Diesseits". Hesse zieht in Gaienhofen in ein eigenes Haus am Erlenloh. Von 1907 bis 1912 ist er Mitherausgeber der Halbmonatsschrift „März".

1908 erscheint der Erzählungsband „Nachbarn",

1910 der Roman „Gertrud",

1911 der Gedichtband „Unterwegs". Mit dem Maler Hans Sturzenegger unternimmt er eine Reise nach Indien.

1912 verläßt er Deutschland und zieht mit seiner Familie in das Landhaus des verstorbenen Malers Albert Welti in Ostermundigen bei Bern. Es erscheinen der Erzählungsband „Umwege",

1913 die Reisebilder „Aus Indien" und

1914 der Roman „Roßhalde". Bei Kriegsbeginn meldet sich Hesse freiwillig, wird aber als dienstuntauglich zurückgestellt und der Deutschen Gesandtschaft in Bern zugeteilt, wo er im Dienst der „Deutschen Gefangenenfürsorge" Kriegsgefangene und Internierte in Frankreich, England, Rußland und Italien mit Lektüre versorgt, die „Deutsche Interniertenzeitung" herausgibt und den „Verlag der Bücherzentrale für deutsche Kriegsgefangene" aufbaut, in dem von 1918 bis 1919 22 Bändchen erscheinen. Er veröffentlicht zahlreiche politische Aufsätze.

1915 erscheinen der Erzählungsband „Am Weg", „Knulp. Drei Geschichten aus dem Leben Knulps",

1916 das Gedichtbändchen „Musik des Einsamen" (Titelblatt 1915) und die Erzählung „Schön ist die Jugend". Der Tod des Vaters, die Krankheit seiner Frau und des Sohnes Martin führen zu einem Nervenzusammenbruch. Während einer Kur in Sonnmatt bei Luzern begibt er sich in psychotherapeutische Behandlung durch J. B. Lang, einen Schüler C. G. Jungs.

1919 veröffentlicht er „Die Heimkehr. Erster Akt eines Zeitdramas". 1919 bis 1922 gibt er mit Richard Woltereck die Monatsschrift „Vivos Voco" heraus. 1919 erhält er den Fontanepreis für seine zunächst unter dem Pseudonym Emil Sinclair veröffentlichte Erzählung „Demian", gibt ihn aber nach Aufdeckung des Pseudonyms zurück, da der Preis für Anfänger gedacht ist. Es erscheinen der Erzählungsband „Kleiner Garten", die „Märchen" und das zunächst anonym veröffentlichte Bändchen „Zarathustras Wiederkehr. Ein Wort an die deutsche Jugend von einem Deutschen". Hesse trennt sich von seiner Familie und zieht ins Tessin nach Montagnola bei Lugano, wo er bis zu seinem Tode lebt.

1920 veröffentlicht er „Gedichte des Malers" und „Wanderung", beide mit Auarellen des Dichters geschmückt, die Novelle „Klingsors letzter Sommer",

1921 „Ausgewählte Gedicht", „Blick ins Chaos", „Elf Aquarelle aus dem Tessin",

1922 „Siddhartha. Eine indische Dichtung" und

1923 „Sinclairs Notizbuch". Von 1923 bis 1952 ist Hesse, immer im Spätherbst, Kurgast in Baden an der Limmat. Nach Auflösung seiner ersten Ehe ist er von

1924 bis 1927 mit Ruth Wenger (geb. 1897), einer Tochter der Schriftstellerin Lisa Wenger, verheiratet.

1924 erwirbt er die Schweizer Staatsangehörigkeit.

1925 erscheinen „Kurgast" und „Piktors Verwandlungen". Seit

diesem Jahr gibt der S. Fischer Verlag in Berlin Hesses „Gesammelte Werke in Einzelausgaben" heraus.

1926 wird Hesse als auswärtiges Mitglied in die Sektion für Dichtkunst der Preußischen Akademie der Künste gewählt, aus der er 1930 austritt. Es erscheinen das „Bilderbuch",

1927 „Der Steppenwolf" und das Buch über „Die Nürnberger Reise",

1928 die „Betrachtungen" und der Gedichtband „Krisis",

1929 der Gedichtband „Trost der Nacht", die Betrachtung über „Eine Bibliothek der Weltliteratur",

1930 die Erzählung „Narziß und Goldmund" und die erweiterte Ausgabe des Erzählungsbandes „Diesseits".

1931 heiratet er die aus Czernowicz stammende Kunsthistorikerin Ninon Dolbin geb. Ausländer (1895–1966). Er verläßt die Casa Camuzzi, die er seit 1919 bewohnt hat, und zieht in ein neues Haus, das ihm sein Zürcher Freund Dr. Hans C. Bodmer auf Lebenszeit zur Verfügung gestellt hat. Es erscheint der Erzählungsband „Weg nach Innen",

1932 „Die Morgenlandfahrt",

1933 der Erzählungsband „Kleine Welt"

1934 der Gedichtband „Vom Baum des Lebens",

1935 das „Fabulierbuch" und

1936 die Idylle „Stunden im Garten". Hesse erhält den Gottfried-Keller-Preis.

1937 erscheinen die „Gedenkblätter", der Band „Neue Gedichte" und die Erinnerung aus der Kindheit „Der lahme Knabe". Von

1939 bis 1945 gelten seine Werke in Deutschland als „unerwünschte Literatur". „Der Steppenwolf", „Betrachtungen" und „Narziß und Goldmund" können nicht mehr nachgedruckt werden. In Vereinbarung mit dem Verleger Peter Suhrkamp erscheint deshalb seit

1942 eine Fortsetzung der „Gesammelten Werke in Einzelausgaben" im Verlag Fretz & Wasmuth in Zürich, als erstes „Die Gedichte", eine Gesamtausgabe seiner Lyrik, dann

1943 „Das Glasperlenspiel. Versuch einer Lebensbeschreibung

des Magister Ludi Josef Knecht samt Knechts hinterlassenen Schriften",

1945 „Der Blütenzweig", eine Auswahl seiner Gedicht, das Romanfragment „Berthold" und Erzählungen und Märchen im Band „Traumfährte". Seit

1946 erscheinen die deutschen Ausgaben der Werke Hesses im Suhrkamp Verlag vorm. S. Fischer in Berlin, seit 1951 im Suhrkamp Verlag in Berlin und Frankfurt am Main. 1946 erhält Hesse den Goethepreis der Stadt Frankfurt am Main und den Nobelpreis für Literatur. Es erscheinen das Bändchen „Dank an Goethe" und die Betrachtungen zu „Krieg und Frieden".

1947 verleiht ihm die Philosophische Fakultät der Universität Bern die Würde eines Ehrendoktors. Hesse wird Ehrenbürger der Stadt Calw.

1950 erhält er den Wilhelm-Raabe-Preis der Stadt Braunschweig.

1951 erscheinen die Bände „Briefe" und „Späte Prosa".

1952 gibt der Suhrkamp Verlag Hesses „Gesammelte Dichtungen" in sechs Dünndruckbänden heraus.

1954 wird Hesse in die Friedensklasse des Ordens Pour le Mérite aufgenommen. „Briefe", der Briefwechsel zwischen Hesse und Romain Rolland, erscheint.

1955 erhält Hesse den Friedenspreis des Deutschen Buchhandels. Der Band „Beschwörungen" erscheint.

1956 stiftet die Förderungsgemeinschaft der deutschen Kunst Baden-Württemberg e. V. einen Hermann-Hesse-Preis.

1957 gibt der Suhrkamp Verlag Hesses „Gesammelte Schriften" in sieben Dünndruckbänden heraus.

1961 erscheint der Gedichtband „Stufen".

1962 wird Hesse Ehrenbürger von Montagnola. Am 9. August stirbt er in Montagnola an Gehirnschlag. Am 11. August wird er auf dem Friedhof S. Abbondio beigesetzt.

Weitere Veröffentlichungen:

1963 „Die späten Gedichte"
1964 „Briefe. Erweiterte Ausgabe"
1965 „Prosa aus dem Nachlaß"
„Neue Deutsche Bücher"
1966 „Kindheit und Jugend vor Neunzehnhundert. Hermann Hesse in Briefen und Lebenszeugnissen 1877-1895"
1968 „Hermann Hesse – Thomas Mann. Briefwechsel"
1969 „Hermann Hesse – Peter Suhrkamp. Briefwechsel"
1970 „Politische Betrachtungen", „Gesammelte Werke in zwölf Bänden", „Schriften zur Literatur"
1971 „Mein Glaube", „Lektüre für Minuten", „Hermann Hesse/ Helene Voigt-Diederichs: Zwei Autorenporträts in Briefen 1897–1900"
1972 „Eigensinn", „Materialien zu Hermann Hesses 'Der Steppenwolf'" „D'une rive a l'autre. Hermann Hesse et Romain Rolland. Correspondance, fragments du Journal et textes divers", Hermann Hesse – Karl Kerényi, Briefwechsel aus der Nähe"
1973 „Gesammelte Briefe", erster Band, „Die Kunst des Müßiggangs", „Die Erzählungen", „Materialien zu Hermann Hesse 'Das Glasperlenspiel', Band 1", „Hermann Hesse und der Ferne Osten"
1974 „Ausgewählte Briefe", „Iris", „Kindheit des Zauberers", „Materialien zu Hermann Hesse 'Das Glasperlenspiel', Band 2"
1975 „Das erste Abenteuer", „Die Fremdenstadt im Süden", „Lektüre für Minuten, 2", „Piktors Verwandlungen", „Legenden", „Die Märchen", „Materialien zu Hermann Hesses 'Siddhartha', Band 1"
1976 „Materialien zu Hermann Hesses 'Siddhartha', Band 2", „Hermann- Hesse – Kalender", „Musik", „Das Nachtpfauenauge"
1977 „Gesammelte Erzählungen" (4 Bände), „Die Romane und die großen Erzählungen" (8 Bände), „Die Gedichte 1892-1962" (2 Bände), „Politik des Gewissens" (2 Bände), „Briefe an

Freunde", „Der verbannte Ehemann oder Anton Schiefelbeyn's ohnfreywillige Reisse nacher Ost-Indien", „Kleine Freuden", „Hermann Hesse als Maler", „Die Welt der Bücher", „Von Wesen und Herkunft des 'Glasperlenspiels' ", „Hermann Hesse – R. J. Humm: Briefwechsel", „Christian Wagner – Hermann Hesse: Ein Briefwechsel"

PETER CAMENZIND
Entstehung und Verbreitung

„Die übertriebenen Erfolge des Peter haben mich – vom Geld natürlich abgesehen – nicht eben gefreut, ich werde ja förmlich Mode, und das wollte ich nie."

(Brief an Hans Bethge, 26. 12. 1904)

1899

Nach Beendigung seiner Tätigkeit in der Heckenhauerschen Buchhandlung in Tübingen kommt Hesse Mitte September nach Basel. Er arbeitet in der Buchhandlung R. Reich und verdient monatlich 150 bis 200 Mark. Eine Zeitlang wohnt er gemeinsam mit dem rheinländischen Architekten Heinrich Jennen, der soeben den 1. Preis in der Konkurrenz um die Erweiterungsbauten des Basler Rathauses gewonnen hat, in der Holbeinstraße 21. Er schließt Bekanntschaft mit Dr. Hans Trog, dem Verfasser einer Biographie über Jakob Burckhardt und Redakteur der „Allgemeinen Schweizer Zeitung"; in dieser Zeitung erscheinen Hesses erste Buchbesprechungen. Auf Empfehlung seines Vaters besucht er die Familie des Historikers und Stadtarchivars Dr. Rudolf Wackernagel. Dort begegnet er Elisabeth La Roche (1876–1965), deren Bekanntschaft er bereits in seiner Kindheit (Sommer 1883) während eines Aufenthalts der Familie Hesse auf dem Gut des Ratsherrn Sarasin auf dem Rechtenberg bei Bretzwil (Basel-Land) gemacht hat.

1900

Zu Ostern und von Ende August bis Mitte September hält sich Hesse am Vierwaldstätter See auf. In Vitznau schreibt er am 29. August erste Studien zu „Peter Camenzind".

Mit der Jahresangabe 1901 erscheinen im Verlag R. Reich in Basel im Dezember „Hinterlassene Schriften und Gedichte von Hermann Lauscher. Herausgegeben von Hermann Hesse" in einer kleinen, nur für Basel gedachten und im Buchhandel nicht verbreiteten Auflage.

1901

Ende Januar kündigt Hesse seine Stellung in der Buchhandlung R. Reich. Von Ende März bis Ende April unternimmt er seine erste Italienreise, die ihn nach Mailand, Genua, Florenz, Bologna, Ravenna, Padua und Venedig führt. Für die im Oktober im „Schweizer Hausfreund", der illustrierten Sonderbeilage zum „Basler Anzeiger", veröffentlichten „Stimmungsbilder aus Ober-Italien" erhält Hesse 80 Franken Honorar. Nach einem längeren Aufenthalt in Calw tritt Hesse am 1. August in das Antiquariat v. Wattenwyl in Basel als Gehilfe ein.

1902

Anfang des Jahres beginnt Hesse mit der Niederschrift des „Peter Camenzind". Ende des Jahres empfiehlt der Schweizer Heimatschriftsteller Paul Ilg, der weder zu den Autoren des S. Fischer Verlags gehört, noch Hesse persönlich kennt, dem S. Fischer Verlag das Bändchen „Hinterlassene Schriften und Gedichte von Hermann Lauscher". Samuel Fischer ist insbesondere von den Gedichten beeindruckt und fordert Hesse auf, neuere Arbeiten einzureichen.

1903

Am 2. Februar antwortet Hesse, er könne Fischer im Augenblick nichts schicken, doch verspreche er, ihm „eine kleine Prosadichtung" einzusenden, an der er seit Jahren arbeite. Im April unternimmt Hesse, diesmal gemeinsam mit der befreundeten Basler Photographin Maria Bernoulli, eine zweite Italienreise; sie führt ihn über Mailand und Bologna nach Florenz, Pisa und Venedig. Hesse gibt den Antiquariatsberuf auf. Zu Pfingsten verlobt er sich mit Maria Bernoulli trotz des Einspruchs ihres Vaters. Am 9. Mai schreibt Fischer an Hesse, er erwarte das angekündigte Manuskript „mit Spannung"; am 18. Mai hat er es bereits gelesen. Am 9. Juni wird ein Verlagsvertrag über das Buch geschlossen. Vom September bis November erscheint der um ein Fünftel gekürzte Roman als Vorabdruck in drei Heften der „Neuen Rundschau".

1904

Am 15. Februar erscheint die Buchausgabe des „Peter Camenzind"; sie ist Ludwig Finckh gewidmet. Am 2. August heiratet Hesse in Basel Maria Bernoulli (1868-1963). Im Herbst erhält er für „Peter Camenzind" den Wiener Bauernfeld-Preis.

1909
„Peter Camenzind" erreicht das 50. Tausend.

1925
„Peter Camenzind" wird im 115. Tausend in die blaue Leinenausgabe der „Gesammelten Werke in Einzelausgaben" aufgenommen. Seit 1942 ist das Werk Fritz und Alice Leuthold gewidmet. 1944 erreicht diese Ausgabe das 134. Tausend.

1950
„Peter Camenzind" erscheint im Suhrkamp Verlag Berlin und Frankfurt am Main im 135.-139. Tausend. 1962 erscheint diese Ausgabe im 164. Tausend vorerst zum letzten Mal. Weitere Ausgaben dieses Werkes bringt der Suhrkamp Verlag 1952 (Gesammelte Dichtungen), 1970 (Gesammelte Werke), 1974 (Suhrkamp-Taschenbuch) und 1977 (Jubiläumsausgabe). Lizenzausgaben erfolgen 1940 (Schweizer Bücherfreunde, Zürich), 1945 (E. Belin, Paris), 1948 (Fretz & Wasmuth, Zürich), 1952 (Aufbau-Verlag, Berlin, und Bibliothek Fortschrittlicher Deutscher Schriftsteller, Berlin), 1955 (Deutsche Buch-Gemeinschaft, Berlin und Darmstadt), 1964 (Droemer, München und Zürich).

Übersetzungen (ohne Neuauflagen und Lizenzausgaben)
1905 norwegisch, russisch, schwedisch
1907 dänisch, niederländisch
1908 finnisch
1910 französisch, russisch
1911 tschechisch
1914 russisch
1937 japanisch
1940 serbokroatisch
1947 spanisch
1950 französisch, japanisch
1951 italienisch
1952 estnisch, japanisch (zweimal)
1953 japanisch (zweimal)

1954 korreanisch
1957 polnisch
1958 koreanisch
1959 koreanisch
1961 englisch
1962 italienisch
1965 koreanisch (zweimal)
1967 italienisch, koreanisch
1968 koreanisch (dreimal)
1969 englisch
1970 koreanisch (zweimal)
1971 chinesisch, slowakisch
1972 portugiesisch
1973 koreanisch
1974 italienisch, koreanisch (zweimal)
1975 niederländisch, rumänisch
1976 hebräisch

Das Manuskript der Kapitel 3 bis 6 (70 S.) befinden sich in der Hesse-Sammlung von Frau Lene Gundert, Korntal.

Inhaltsangabe

In dem weltentlegenen Schweizer Seedörfchen Nimikon wächst Peter Camenzind als Bauernbub heran. Mehr als die Menschen liebt er die Natur, vor allem die Berge, die Wolken, den Föhn und den See. Ein Pater wird auf ihn aufmerksam und bereitet ihn auf den Besuch des Gymnasiums vor. Gleichgültig nimmt er dort am Unterricht teil. Verschwiegen bleibt eine Leidenschaft zu einem Mädchen, ungestillt seine Sehnsucht nach Freundschaft. Aber es erwacht in ihm seine Liebe zur Literatur.

Als Student der Philologie kommt er nach Zürich, gewinnt dort im Musikstudenten Richard einen Freund, der ihn in verschiedene Zirkel modernistischer Künstler und Literaten einführt, jedoch befriedigt ihn das nicht. Eigene Studien hingegen bringen ihn der Welt und den Ideen Franz von Assisis näher und legen den Grund zu Camenzinds eigener Welt- und Lebensanschauung. Seine Liebe zu der Malerin Erminia Aglietti bleibt unerwidert; Vergessen sucht er beim

Wein, der fortan sein Freund und Tröster wird. Mit Richards Hilfe wird er ständiger Mitarbeiter einer Zeitung und kommt zu einigem Ansehen. Gemeinsam unternehmen Richard und er eine Reise nach Oberitalien; dort wandelt er auf den Spuren des heiligen Franz. Kurz nach der Reise ertrinkt Richard beim Baden. Mit Richards Tod endet Peter Camenzinds Jugend.
Auf der Suche nach erfüllterem Leben kommt er nach Paris und dort in Kreise der Boheme. Angewidert von dem Geschwätz über Literatur und Kunst, selber innerlich ausgehöhlt, kehrte er nach Basel zurück. aber auch hier findet er nicht, was er sucht, auch nicht in der akademischen Gesellschaft eines Gelehrten. Eine erneute Liebe führt zu erneuter Enttäuschung: Elisabeth ist verlobt. Aufs neue bricht er in die umbrische Landschaft auf, erwandert die Heimat Franz von Assisis und findet bei einfachen Menschen sein inneres Gleichgewicht und bei der Gemüsehändlerin Nardini ein Stück Seßhaftigkeit und Zuneigung.
Nach seiner Rückkehr nach Basel freundet er sich mit einer armen Schreinersfamilie an und findet in deren Hause den halbgelähmten Krüppel Boppi, dem er hilft und dessen Freund er wird. Während Boppi ihn durch sein Beispiel echte Menschlichkeit lehrt, erkennt Camenzind in der Hilfe, die er dem Bedürftigen gewährt, den Sinn seines Daseins.
Nach Boppis Tod kehrt Camenzind nach Nimikon zurück. Er widmet sich dem Wohl der Gemeinde und seinem alten Vater. Nach dessen Tod will er die Weinstube des alten Gastwirts Hydegger übernehmen.

Erläuterungen

Camenzind: In der Reiseschilderung „Am Gotthard" (1905) erwähnt Hesse einen Kolumban Camenzind als ehemaligen Wirt der „Krone" in Andermatt. (Hesse, Die Kunst des Müßiggangs. Frankfurt 1973. S. 49.)

1.

Im Anfang war der Mythus: Anspielung auf Joh. 1,1.
Flühe od. Fluh: (schweiz. für) Fels[wand].

Rüfe: (schweiz. für) Erdrutsch, Steinlawine, Mure. Der Plural lautet: die Rüfen od. die Rüfenen.
Nimikon: „Hesse wählte die deutsche Schweiz zum Schauplatz. Das ergab sich aus seinem Aufenthalt in diesem Lande, insbesondere aus der Tatsache, daß seine Landschaftserlebnisse, die er schildern wollte, mit der Alpenszenerie und den Bergseen verbunden waren. Bei allem Wechsel der Örtlichkeiten erzeugte dieser geographische Raum doch eine stimmungsmäßige Einheit und eine gewisse poetische 'Dichte'. Außerdem gewann seine Geschichte an Überzeugungskraft. Denn gerade die Schweiz hatte ähnliche Gestalten wie Camenzind bereits hervorgebracht. So stammte der Dichter Heinrich Leuthold, der Sohn eines Sennhirten, aus einem Dorf des Kantons Zürich. Unter Entbehrungen hatte er sich den Weg zum Universitätsstudium erkämpft. Auch ihm war das poetische Talent zum Verhängnis geworden. Er zog nach Italien, geriet auf die Bahn der Boheme und des Journalismus und litt stets schmerzlich unter der Einsamkeit und der fragwürdigen Stellung des Künstlers in der kapitalistischen Gesellschaft. Welch frappante Parallele zu Camenzind! Im Jahre 1910 rezensierte dann Hesse Leutholds Gedichte und schrieb 1922 ein Vorwort zu der Leuthold-Auswahl 'Der schwermütige Musikant'. Vielleicht hat Leutholds Geburtsort Witzikon gar zu der Bildung des Dorfnamens 'Nimikon' angeregt." Böttger S. 99-100.) – „Er [Hesse] entdeckt die Camenzinds in einem Dorf, das von Camenzinds voll steckt. Nimikon nennt er das Dorf, Gersau muß wohl das Vorbild sein." (Willi Bürgi, Zum Hermann-Hesse-Jahr: „Peter Camenzind". – In: Luzerner Neuste Nachrichten. 3. 8. 1977.) Die Parallelität zur Namensgebung Kellers – Seldwyla – ist unverkennbar.
Oheim Konrad: erfundene Gestalt.
Bäcker Füßli: erfundene Gestalt
der Beck: Kurzform für Bäcker; hier Spitzname des Sohnes vom Bäcker Füßli.
Weidling: (südwestdeutsch für) Fischerkahn.
Nemesis: Diese griechische Göttin galt als Wahrerin des rechten Maßes, auch als Rächerin des Frevels.
Herakles: Dieser berühmteste Held der griechischen Sage

verrichtete im Dienste des Königs Eurystheus die Taten, die unter dem Namen „Die zwölf Arbeiten des Herakles" bekannt sind: H. erlegte den Nemeischen Löwen, die Lernäische Schlange, erjagte die Kerynitische Hirschkuh, fing den Erymanthischen Eber, reinigte in einem Tage die Ställe des Königs Augias von Elis, tötete die stymphalischen Vögel, bändigte den kretischen Stier, brachte die menschenfressenden Rosse des thrakischen Königs Diomedes zu Eurystheus, erwarb für Admete, die Tochter des Eurystheus, den Gürtel der Amazonenkönigin Hippolyte, holte die Rinder des Geryon, erwarb die goldenen Äpfel der Hesperiden und führte den Höllenhund Kerberos aus der Unterwelt.

Bise: Nordostwind.

Steinbrech: Saxifraga, Pflanzengattung der Steinbrechgewächse, meist niedrige Stauden mit strahligen Blüten und zweifächeriger Kapsel.

Phäaken: In Homers Odyssee glücklich und sorglos lebendes Seefahrervolk auf der Insel Scheria (angeblich Korfu); (übertragen für) sorglose Genießer.

Welsdörfer Klöster: Ort nicht nachweisbar. Anklang an welsch= fremdländisch vorhanden. Der Pater lehrt Peter Camenzind „das welsche Zeug" („Lateinisch, biblische Geschichte, Botanik und Geographie").

viri illustres: (lat.) berühmte Männer. Hesse gehörte in Göppingen und Maulbronn zu den besten Lateinern seines Jahrgangs; auch später gebrauchte er gern noch lateinische Floskeln.

die Unfähigkeit, mit Geld zu wirtschaften: Hesse bezeugt diese Unfähigkeit seines Vaters in der Erzählung „Der Bettler" (GE 4,233-251).

Kaspar Hauri: erfundene Gestalt; ihr Name erinnert an Kaspar Hauser.

Rösi Girtanner: erfundene Gestalt.

Heines „Buch der Lieder": „Ich will einen eigenen Brief benutzen, um Dir die eigenartigste, einflußreichste Gestalt der Literatur seit Goethes Tod zu zeigen. du weiß wohl, wen? Heinrich (od. Harry) Heine. Ich bekämpfe den moralischen schlimmen Einfluß dieses Genies, ich wünschte fast, er hätte nie gedichtet, aber hassen,

hassen im Herzen kann ich ihn nicht; lese ich seine Lieder, so umstrickt mich wunderbar ein buntes Zaubernetz mit geheimem Bann. . ."(H. H. an Theodor Rümelin. Calw, vor dem 7. Februar 1895. KuJ 1, 429-430.) Am 9. Juli 1947 schrieb Hesse in einem Brief an den Heinrich-Heine-Bund, der ihm zum 70. Geburtstag gratuliert hatte: „Ihr telegraphischer Gruß hat mich gefreut und berührt, ich sage Ihnen dafür schönen Dank und dachte der Zeiten um 1895, wo ich den gegen meines Vaters Verbot erworbenen Heine in einer Schublade hielt (wo er später dennoch entdeckt und konfisziert wurde) und von seinen Versen, von der Harzreise, vom Buch Le Grand ganz berauscht war [. . .]" (AB 237-238.)
Chemisette: gestärkte Hemdbrust an Frack- und Smokinghemden.
Lenau, Schiller, dann Goethe und Shakespeare: Solche Leseerlebnisse rühren aus Hesses Maulbronner und Cannstatter Zeit. „Aber die Rechnungen sind enorm, er hat sich Goethe, Lenau, Heine und einen Haufen Belletristisches angeschafft [. . .]" (Marie Hesse an Adele Hesse. Calw, 1. August 1893. In: KuJ 1,384.)
Hefte mit Versen, Entwürfen und kleinen Erzählungen: Von Hesse sind solche Hefte noch erhalten, etwa „Plauderabende" (1897).
Gottfried Keller: „Ich verbummle mein bißchen Zeit im Baselland oder in den Basler Kirchen und Sammlungen, und wenn ich lese, so ist's Gottfried Keller oder was Kunstgeschichtliches." (In einem Brief an den Verleger Eugen Diederichs vom 5. 11. 1899. KuJ 1, 63.)

2.
für mich ist die Liebe zu Frauen immer ein reinigendes Anbeten gewesen: Vgl. dazu etwa das Gedicht „Maria. V" (1898): Wenn doch mein Leben fürder geht / Und manchmal noch aus reichen Ranken / Ein reifes Lied mir niederweht, / Ich hab's auch dir zu danken. // Du weißt es nicht, denn ich begrub / Dein Bild in meiner Nächte Schweigen. / Und was mein Lied zu Tage hub, / War schon zuvor dein eigen.
juchezen: (od. juchzen) Nebenform von jauchzen.
Donquichotterie: Hesse wendet den Vergleich mit dem Helden des Cervantes auch später häufig an, und zwar in zweierlei Sinn: bezogen auf sein eigenes Tun, etwa „Ich habe auch meinen Weg und meine

Wandlungen hinter mir. Es ist vielleicht der Weg eines Don Quichote, jedenfalls ist es der eines Leidens und Sichverantwortlichwissens, er hat mir ein sehr empfindliches Gewissen gegeben..." (In einem Brief an R. J. Humm vom März 1933); mit abwertendem Bezug auf andere, etwa „Meint Ihr Mitarbeiter, der Verleger hätte, bloß der Gebärde wegen, Buch und Autorin preisgeben, das Buch verbieten und eventuell sich selber ins Konzentrationslager bringen sollen? Vom Auslande her sind solche Don Quichottesken Forderungen leicht und billig zu stellen." (In einem Brief vom 17. 1. 1935 an Otto Kleiber, den Redakteur der „National-Zeitung", Basel. PdG 480 u. 530.)

Homer: „Von den griechischen Dichtern ist es Homer, den ich am meisten liebe..." (1957. GW 12, 61.) „In der Hauptsache ist mein Plan, die antike Dichtung, in die mich jetzt Vergil einleitet, in großen Hauptzügen (Homer, Sophokles, Euripides – Vergil, Ovid) zu erfassen..." (In einem Brief an die Eltern vom 27. 2. 1896. GB 1,8.) – Von seinem ersten selbstverdienten Geld hatte sich Hesse 1895 einen Gipsabguß des Hermes von Praxiteles gekauft und in seinem Zimmer in der Herrenberger Straße 20 in Tübingen aufgestellt.

Plato: Ende 1898 treibt Hesse erste Plato-Studien.

die erste Bekanntschaft mit den alten [italienischen] Novellisten: Im Sommer 1903 schreibt Hesse an Cesco Como: „Auch sonst habe ich oft italienische Studien vor, in letzter Zeit übersetzte ich z. B. einige alte Novellen des Matteo Bandello." (GB 1, 101. In der 1925 von Hesse herausgegebenen Sammlung „Merkwürdige Geschichten und Menschen" erschien auch ein Band „Die Geschichte von Romeo und Julie. Nach den italienischen Novellenerzählern Luigi da Porto und Matteo Bandello" [S. Fischer Verlag, Berlin].)

Kufe: (mundartlich für) Gefäß.

Absinth: Wermutbranntwein.

Jaß: schweizerisches und süddeutsches Kartenspiel mit 36 Blättern.

Kredenz: Anrichte, Anrichteschrank.

3.

je und je: von Hesse auch später mit Vorliebe gebrauchte Wendung in Anlehnung an Luthers Bibeldeutsch 2. Mos. 4, 10; Ri. 2, 13; Jer. 31,3.

Buckskin: (engl.) gewalkter, leicht gerauhter Herrenanzugstoff in Köper-, Diagonal- oder Fischgratbindung.
ich grüner Peter: Anspielung auf Kellers grünen Heinrich.
ich hatte in meinem Leben nie ein Instrument berührt: nicht autobiographisch. Zu seinem 9. Geburtstag hatte Hesse von seinen Eltern eine Geige bekommen. Im Dezember 1897 schenkte er sie seinem Bruder Hans. Am 2. Oktober 1898 schreibt er an Helene Diederichs: „Denken Sie! ich habe mir wieder eine Geige gekauft und stümpere glücklich darauf und bin froh an dieser harmlosen Art der Selbstbetrachtung und Vertiefung." (GB 1,43)
Richard: erfundene Gestalt.
Schroff: (Nebenform von Schroffen) Felsklippe.
Nietzsche: Hesse am 15. 6. 1896 an seinen Vater: „Ich kenne ihn [Nietzsche] einigermaßen und im ganzen ist mir seine vornehme, ästhetische Art nicht zuwider, man kann bei ihm hie und da ein paar Züge Höhenluft genießen." (GB 1,25)
Wagner: Im Brief an seinen Vater vom 15. 6. 1896 nennt Hesse Wagner den Lehrmeister Nietzsches.
„Dies Wort drang ihm in die Natur. . .": Aus Wilhelm Busch, Die fromme Helene.
Franz von Assisi: italienischer Buß- und Wanderprediger (1181–1226), propagierte das Ideal der Armut und Askese, Begründer des Franziskanerordens. Das Volk legte ihm bald den Beinamen Poverello bei. Den Beinamen „Spielmann Gottes" erhielt er wegen seines „Sonnengesangs". 1904 veröffentlichte Hesse in der von Paul Remer im Verlag Schuster & Loeffler, Berlin und Leipzig, herausgegebenen Reihe „Die Dichtung" als Band XIII eine kleine Monographie über Franz von Assisi. Der „Blütenkranz des heiligen Franziskus von Assisi" (die ältesten Legenden um Franz von Assisi), übersetzt von Otto v. Taube, erschien 1905 im Eugen Diederichs Verlag, Jena. Hesse hat das Buch in der „Neuen Zürcher Zeitung" Nr. 140 vom 21. 5. 1905 (Franz von Assisi und die „Fioretti") und in der Zeitschrift „Propyläen", München, am 2. 6. 1905 (Der Blütenkranz des heiligen Franz von Assisi) besprochen und 1920 in „Velhagen & Klasings Monatsheften" eine Betrachtung „Aus der Kindheit des heiligen Franz von Assisi" veröffentlicht. Die von Volker Michels (GB

1, 93) genannte Übersetzung des „Sonnengesangs" ist bereits in der Monographie von 1904 enthalten.

Erminia Aglietti: erfundene Gestalt.

Gorgonzola: nach einem Ort in Oberitalien benannter vollfetter Blauschimmelkäse.

der stummen Natur in Dichtungen Ausdruck zu gewähren: Hesse charakterisiert damit eigene Bemühungen in dieser Erzählung (Wolken, Föhn u. ä.).

Fußwanderungen: Vgl. dazu die im Oktober 1905 entstandenen, u. d. T. „Eine Fußreise im Herbst" zusammengefaßten neun Schilderungen.

A rivederla: Auf Wiedersehen!

A rivederci domani: Auf Wiedersehen bis morgen!

öhmden: nachmähen.

4.

Schopenhauer: „Schopenhauer kenne ich fast gar nicht", Hesse am 15. 6. 1896 an seinen Vater (GB 1, 26). Nach seiner Beschäftigung mit Nietzsche findet Hesse über Schopenhauer den Weg zu Jacob Burckhardt. (Vgl. meinen Aufsatz „Bildungskräfte im Leben Hermann Hesses" in „Wissenschaftl. Zeitschrift der Friedrich-Schiller-Universität Jena", 8, 1958/59, 4/5, S. 483-490.)

Buddha: Vgl. die Erläuterungen zu „Siddhartha". „Ich habe jahrelang Buddha verehrt", heißt es in einem Brief an Alice Leuthold v. 26. 7. 1919 (G. B. 1,409).

Zarathustra: Die Auseinandersetzung Hesses mit der Lehre Zarathustras fällt in die Zeit des ersten Weltkriegs. 1919 veröffentlicht er im Verlag Stämpfli & Cie., Bern, anonym die Schrift „Zarathustras Wiederkehr. Ein Wort an die deutsche Jugend. Von einem Deutschen".

Zeus von Otrikoli: Otrikoli ist eine Gemeinde in der ital. Provinz Terni und der Fundort einer Zeusbüste (nach einem griech. Original des 4. Jahrhunderts v. Chr.), die sich heute in den Vatikanischen Museen befindet.

Tolstoi: Hesse hat Tolstoi zeitlebens geschätzt, er hielt ihn „für sehr deutsch" (GB 1, 469).

Mäzen: Kunstfreund, freigebiger Gönner. Der bekannteste Mäzen Hesses war Hans C. Bodmer (1891-1956).

Chopinmusik: In seiner Tübinger Zeit gilt Hesses musikalische Vorliebe Chopin. „Was für Nietzsche Wagner war, ist für mich Chopin, – oder noch mehr", schreibt Hesse am 25. 9. 1897 an seine Eltern (GB 1, 33). Chopin gelten drei Gedichte („Schütte wieder ohne Wahl. . . "; „Ein kerzenheller Saal. . . "; „Sing mir dein liebes Wiegenlied. . . "), die er 1897 geschrieben hat.

präraffaelitische Ekstasen: Die Präraffaeliten („Gemeinschaft der Präraffaeliten", gegr. 1848) versuchten, der Kunst einen neuen Gehalt zu geben; ihre mangelnde Gestaltungskraft läßt ihre Kunst oft sentimental übersteigert erscheinen.

Freundschaft zwischen Männern: In Hesses Dichtungen kommen Männerfreundschaften häufig vor, die bekanntesten sind Hans Giebenrath und Hermann Heilner, Demian und Emil Sinclair, Narziß und Goldmund, Josef Knecht und Plinio Designori.

„Fromme Helene": Dichtung von Wilhelm Busch.

Loreley: Name des kurz vor St. Goarshausen aus dem Rhein 132 m hoch aufsteigenden Schieferfelsens. Die Sage von einer die Menschen ins Verderben lockenden Zauberin Loreley, die durch Heines, von Silcher vertontes Gedicht besonders bekanntgeworden ist, gehört zu den unechten Rheinsagen und ist vermutlich eine Erfindung Clemens Brentanos (Ballade „Die Lore Lay", 1802).

indigniert: peinlich berührt.

„Ziehet hin in Frieden!": Mehrfach im Alten (2. Mos. 4, 18; 1. Sam. 1, 17; 2. Kön. 5, 19.) und Neuen Testament (Mark. 5, 34; Luk. 7, 50; Apg. 16,36.) vorkommende Wendung, von Luther „Gehe hin mit Frieden" übersetzt.

Charade: (Scharade) Wort- und Silbenrätsel; das zu erratende Wort ist in seine Silben zerlegt.

Pan: in der griechischen Mythologie meist ein Hirten- und Weidegott, besonders in Arkadien verehrt, dargestellt mit Bocksbeinen, -hörnern und -ohren und halbtierischem Gesicht. Pan galt als Erfinder der Syrinx (Panflöte) und Urheber plötzlicher und unerklärlicher (panischer) Schrecken.

Laudato si, misignore, per frate vento e per aere e nubilo e sereno et

onne tempo!: Gepriesen seist Du, o Herr, durch den Wind, unseren Bruder, auch durch die Luft und durch die Wolken und heitere und jegliche Witterung. (Übersetzung Hesses, „wortgetreu verdeutschet". In: Hesse, Franz von Assisi. A.a.O. S. 75.)
Übername: Spitzname. In den Ausgaben von „Peter Camenzind" als suhrkamp taschenbuch, Band 161, fälschlich „Übernahmen".
ihn als Führer nach Oberitalien zu begleiten: Seine erste Italienreise unternahm Hesse allein.
Fiale: (gotisches) Spitztürmchen.
jaloux: eifersüchtig, mißgünstig, neidisch. Französisch lernt Hesse in Maulbronn und später in Basel (GB 1,63).
Palazzo Vecchio: burgartiger Profanbau mit schlankem Turm und schönem Säulenhof (1298-1314).
Limone: dickschalige Zitrone.
Bargello: das Nationalmuseum in Florenz, die bedeutendste Sammlung italienischer Skulpturen.
Quattrocento: (ital. „vierhundert", Abkürzung für 1400) italienische Bezeichnung für das 15. Jahrhundert und seinen Stil (Frührenaissance).
die ganze schäbige Lächerlichkeit der modernen Kultur: „. . . ich habe an ebendiesem Kulturjahrmarkt schon hundertmal meinen Spaß gehabt. Aber heute ist mir gerade nicht zum Lachen, nicht einmal zum Schelten", heißt es in Hesses im Dezember 1904 entstandenen Betrachtung „Am Ende des Jahres" (GW 10, 7). Im „Steppenwolf" nennt Hesse diese Kulturwelt einen Friedhof und berichtet von Tagen, „an denen uns, inmitten der zerstörten und von Aktiengesellschaften ausgesogene Erde, die Menschenwelt und sogenannte Kultur in ihrem verlogenen und gemeinen blechernen Jahrmarktsglanz auf Schritt und Tritt wie ein Brechmittel entgegengrinst. . . " (GW 7, 206).
ertrank er beim Baden: Der Tod im Wasser ist ein von Hesse häufig gebrauchtes Motiv, Hans Giebenrath erleidet ihn in „Unterm Rad", der Beamte Klein in „Klein und Wagner", Josef Knecht im „Glasperlenspiel". Auch in „Siddhartha" und „Narziß und Goldmund" wird der Tod im Wasser erwähnt.
Nun sie eine um die andere mich verlassen hatten. . . : seltener

Gebrauch von „nun" als subordinierende kausale Konjunktion.

5.

Paris: „Nur ist das Berliner- und Parisertum ein wenig dünn und unerlebt ausgefallen. Gekannt hat Hesse vom internationalen Getriebe, als er den „Camenzind" schrieb, nur jenen Ausschnitt, den man mit einem Euphemismus Basler Boheme nennen könnte." (Ball S. 112.)

einen starken Tobak rauchen: etwas Schlimmes tun.

Bois: (frz.) Wald. Bois de Bouloge: 850 ha großer Park englischen Stils mit künstlichen Seen im Westen von Paris.

sich das Leben zu nehmen: Vgl. dazu meinen Aufsatz „Freitod in Tübingen." – In: Text und Kritik. Heft 10/11: Hermann Hesse.- München. Mai 1977, S. 78–85. Das Selbstmordproblem wird für Hesse in der Steppenwolf–Zeit wieder relevant.

daß der Tod unser kluger und guter Bruder ist: ein vor allen in Hesses Lyrik ausgeprägtes Motiv. Vgl. Christian Immo Schneider: Das Todesproblem bei Hermann Hesse. Marburg/Lahn: N. G. Elwert 1973 (Marburger Beiträge zut Germanistik. 38.). „Bruder Tod" ist die Überschrift eines 1918 entstandenen Gedichts.

Cour d' amour: Liebeshof; bekannt durch Eleonore von Aquitanien (um 1122-1204), an den von ihr eingerichteten Liebeshöfen wurde über Probleme der Liebe gesprochen.

Ich übernachtete in Schlössern, in Mühlen, in Scheunen. . . : Das trifft auch auf Goldmund (in „Narziß und Goldmund") zu.

Zwischen Locarno und Verona . . . : ähnliche Wendung in „Heimat" (1918): Zwischen Bremen und Neapel, zwischen Wien und Singapore. . ." (Hesse, Die Kunst des Müßiggangs. Frankfurt 1973. S. 190.)

In Basel mietete ich eine Vorstadtbude: Hesse wohnte in Basel vom 16. 9. 1899 bis 13. 10. 1899 Eulerstraße 18, vom 13. 10. 1899 bis 17. 4. 1900 Holbeinstraße 21, vom 17. 4. 1900 bis 2. 5. 1901 Mostakkerstraße 10, vom 2. 5. 1901 bis 25. 11. 1901 Burgfelder Straße 12, vom 25. 11. 1901 bis 31. 7. 1902 Stiftsgasse 5, 31. 7. 1902 bis 2. 1. 1903 Albanvorstadt 7, vom 2. 1. 1903 bis 29. 9. 1903 Feierabendstraße 37.

Er empfahl mich einem Gelehrten: Durch die Empfehlung seines

Vaters lernte Hesse den Staatsarchivar und Historiker Dr. Rudolf Wackernagel kennen, in dessen gastfreundlichem Haus Hesse bald lebhaften Verkehr mit mehreren Basler Familien, die alle der Universität nahestanden, erhielt und die meist jüngeren Gelehrten, so z. B. Joël, Wölflin, Mez, Bertholet und Joh. Haller kennenlernte.

ein sehr schlankes, dunkles Mädchen, später **das schwarze junge Mädchen** (Elisabeth): Vgl. dazu „Hermann Hesse und Elisabeth", nach unveröffentlichten Aufzeichnungen von Elisabeth La Roche (1876–1965), dargestellt von Marta Dietschy. – In: Basler Nachrichten. Nr. 425 v. 10. 10. 1971 (Sonntagsblatt): „Unmöglich konnte Elisabeth La Roche, die Ledige, selbst wenn sie damals den 'Camenzind' gelesen haben sollte, sich in dieser Familienmutter erkennen."

goutieren: (veraltet für) Geschmack an etwas finden, gutheißen.

Temperenz: Mäßigkeit (im Alkoholgenuß).

desperat: verzweifelt, hoffnungslos.

Minoriten: die Franziskaner.

der Haeckelsche Monismus: Ernst Haeckel (1834-1919), zunächst Mediziner, 1862–1909 Professor der Zoologie in Jena, 1909 Gründer des dortigen Phyletischen Museums, stellte das Biogenetische Grundgesetz auf, kämpfte für Darwins Abstammungslehre und baute sie aus. In Erweiterung des Entwicklungsgedankens begründete er seinen Monismus, die Lehre, daß die Wirklichkeit auf ein einziges (geistiges oder materielles) Prinzip zurückführbar sei. Der 1906 gegründete Deutsche Monistenbund machte aus der Lehre Haeckels eine religionsfeindliche, aufklärerische Weltanschauung, die zur Freidenkerbewegung führte.

Ich las den Simplizissimus: Am Simplizissimus, einer 1896 gegründeten Wochenschrift, arbeitet Hesse seit 1907 mit.

Dessinateur: Musterzeichner (im Textilgewerbe).

Brissago: nach dem Schweizer, am Lago Maggiore gelegenen Herstellungsort benannte Zigarrensorte.

Knopf: (umgangssprachlich für) Mensch.

der geschmacklose Heinesche Atlas: Das Gedicht Heines aus dem Jahr 1823 lautet:

Ich unglücksel'ger Atlas! eine Welt,
Die ganze Welt der Schmerzen, muß ich tragen,
Ich trage Unerträgliches, und brechen
Will mir das Herz im Leibe.

Du stolzes Herz! du hast es ja gewollt!
Du wolltest glücklich sein, unendlich glücklich
Oder unendlich elend, stolzes Herz,
Und jetzo bist du elend.

homo socialis: Mensch mit ausgeprägtem Hang zur Gemeinschaft.
Vendute: naturgetreue Darstellung einer Landschaft.
San Clemente: Vgl. das zwischen 1899 und 1902 entstandene Gedicht „Die Zypressen von San Clemente" („Wir biegen flammend schlanke Wipfel im Wind. . .")
die schöne Segantiniwolke: Giovanni Segantini (1858–1899) malte in der Schweiz Hochgebirgstäler mit arbeitenden Menschen und weidendem Vieh; er entwickelte eine eigene, dem Neoimpressionismus verwandte Technik, indem er ungemischte Farben in dicht nebeneinander gesetzten Strichlagen auftrug.
der Mensch ist die Krone der Natur: Umformung der Redensart „Der Mensch ist die Krone der Schöpfung".
das wunderbare Wort vom „unaussprechlichen Seufzen" der Natur: in Anlehnung an Röm. 8, 26: „Der Geist selbst vertritt uns aufs beste mit unaussprechlichem Seufzen."
Camposanto: (in Italien) Friedhof.
Einsiedler in der thebanischen Wüste: Vgl. dazu Hesses „Drei Legenden aus der Thebais" (Der Feldteufel. Die süßen Brote. Die beiden Sünder), entst. 1907–1909, „Eine thebaische Legende" (auch u. d. T.: „Vater Daniel" und „Daniel und das Kind"), entst. 1911, und „Der Beichtvater" (Lebenslauf im „Glasperlenspiel"), entst. 1936.
Ludwig Richter: deutscher Maler und Zeichner (1803–1884).
Tizian: eigentlich Tiziano Vecelli(o), (1476/77 od. 1489/90–1576), italienischer Maler, einer der Hauptmeister der Hochrenaissance.
Dante: Dante Alighieri (1265–1321), der größte Dichter Italiens. „Am ungernsten denke ich an Tasso oder gar an Dante, da ich fürchte,

wenn ich sie beginne, werden sie mich in einen Wust neuer Studien verwickeln und mehr ablenken als vorbereiten." (27. 2. 1896 an die Eltern. GB 1, 17.) In einem Brief an Helene Voigt-Diederichs vom 23. 6. 1898 schreibt er „von der Schönheit und Bedeutsamkeit der Beatrice Dantes" (GB 1, 37). Zwischen 1895 und 1898 ist das Gedicht „Ich habe den Fuß zu setzen. . ." entstanden, das als Motto ein Wort Dantes trägt.

„seinen lieben Bruder, das Feuer": aus dem „Sonnengesang".

„meinen lieben Bruder, den Wein": im „Sonnengedang" wie in Hesses Übertragung nicht enthalten.

6.

Fant: (verächtlich für) unreifer junger Mensch.

Elisabeth sei seit kurzem Braut: Elisabeth La Roche ist ledig geblieben. Hesse war nie im Hause La Roche verkehrt.

der Vers des Lorenzo Medici: Lorenzo I., der Prächtige (il Magnifico), (1449–1492), Stadtherr von Florenz, begabter Dichter.

selbander: (veraltet für) zu zweit.

Annunziata Nardini: erfundene Gestalt.

Loggetta: kleiner überdeckter, nach einer Seite hin offener Raum des Hauses.

Portiunkula: Kapelle bei Assisi, Lieblingsaufenthalt des Franz von Assisi.

die heilige Klara: Stifterin des Ordens der Klarissinnen, geb. 1194 in Assisi, gest. 1253 in S. Damiano bei Assisi; 1255 heiliggesprochen.

Arnolds „Leben der Altväter und anderer gottseliger Personen": Gottfried Arnold (1666–1714), protestantischer Theologe, Anhänger des Pietismus, Dichter geistlicher Lieder; er schrieb die „Unparteiische Kirchen- und Ketzerhistorie".

Fiasko: (germanisch-italienisch: Flasche; hier:) Trinkgefäß.

Perugino: eigentlich Pietro Vannucci (1445–1523), der bedeutendste Maler Umbriens vor Raffael, dessen Lehrer er war.

Matteo Spinelli: erfundene Gestalt; eine Assoziation Hesses zu dem italienischen Medailleur Niccolò Spinelli, genannt Fiorentino (1430–1514), ist nicht anzunehmen. Eine Anspielung auf Spinelli in Thomas Manns Novelle „Tristan" ist sicherlich auszuschließen, da

Hesse diese Novelle Manns nicht vor November 1903 gelesen haben kann.
„Poverino!": „Armer Kerl!"

7.
Zola: Émile Zola (1840–1902), französischer Schriftsteller. Das Werk Zolas gehört zur frühen Lektüre Hesses.
eine größere Dichtung, in welcher überhaupt keine Menschengestalten auftreten: Hesse erkennt frühzeitig, daß der Versuch literarischer Wirklichkeitsbewältigung ohne Einbeziehung des Menschen scheitern muß. „Für die Hauptfigur unseres Romans bedeutet dies, daß er eine entscheidende Wandlung seines Lebens erfährt: aus der Welt der ästhetisierenden Ideen und Probleme weg strebt er nun entschieden nach Teilhaberschaft an der Schicksalswelt seiner Mitmenschen, nach Teilhaberschaft vor allem am einfachen, unkomplizierten, naturverbundenen Dasein, wie es sich ihm zuerst überwältigend in Italien offenbart." Und „dies ist eigentlich erst die Erkenntnis, die aus dem wesentlich lyrischen Dichter Hesse den Epiker erwachsen läßt" (Stolte S. 38).
Handwerksburschenherbergen: Vgl. dazu die Gedichte „Landstreicherherberge" („Wie fremd und wunderlich das ist..."), „Handwerksburschenpenne" („Das Geld ist aus, die Flasche leer..."), beide entst. zwischen 1899 und 1902, und „Handwerksburschenlied" („Was rechte Wanderbursche sind..."), bisher nur im „Simplizissimus" Nr. 19 v. 6. 8. 1906 veröffentlicht.
auf der Walze: auf Wanderschaft. – „Auf der Walze. aus den Aufzeichnungen eines wandernden Sattlergesellen", zuerst in „Die Zeit", Wien, v. 25. 12. 1904 veröffentlicht, erschien in Hesses „Prosa aus dem Nachlaß" in den „Geschichten um Quorm".
Penne: (Gaunersprache für) einfache Herberge.
gebrummt: von brummen = seine Strafe absitzen.
Durlach: Ort bei, seit 1938 Stadtteil von Karlsruhe.
Padrona: (italienische Bezeichnung für) Gebieterin, Wirtin, Hausfrau.
Straubingerlieder: Landstreicherlieder. Bruder Straubinger: (scherzhaft für) Landstreicher.
Agnes: Eine andere Agnes ist eine Figur in „Narziß und Goldmund".

rief man ihr: Rufen ist ein Verb mit schwankender Rektion; vor allem süddeutsch und schweizerisch ist auch der Dativ noch gebräuchlich.
Stündler: einer, der regelmäßig an Gebets- oder Bibelstunden teilnimmt.
Wie eine weiße Wolke. . .: Drittes von vier Gedichten des „Elisabeth"–Zyklus. Der Neudruck des „Peter Camenzind" als suhrkamp taschenbuch bringt die Verse wie in „Die Gedichte" (1942) und folgt damit dem Erstdruck in „Gedichte" (1902). Die Fassung in „Peter Camenzind" lautet (in Klammern Fassung „Gedichte"): V. 3: So licht (weiß) und schön und ferne; V. 8: Geht sie bei (in) dunkler Nacht; V. 9: Geht und erglänzt so selig (silbern).
Menotte: erfundene Gestalt.
Marietta: erfundene Gestalt.
Giangiacomo: erfundene Gestalt.
Boppi: erfundene Gestalt.
Pfründhaus: Altersheim oder Armenhaus.
ein ewiger Krieg zwischen mir und der Krankheit: Vgl. dazu den Kampf zwischen Wolf und Mensch in „Steppenwolf".
die Seldwyler: Gottfried Kellers Novellenzyklus „Die Leute von Seldwyla".
Schmoller Pankraz: Tittelfigur der Novelle Gottfried Kellers „Pankraz, der Schmoller".
Albertus Zwiehan: Person aus der 2. Fassung des Romans „Der grüne Heinrich", 3. Teil, 10. Kapitel: Der Schädel.
die gerechten Kammacher: Personen aus der Novelle Gottfried Kellers „Die drei gerechten Kammacher".
Petrus Cunctator: Peter, der Zögerer.
Wertherische Gefühle: Weltschmerz aus hoffnungsloser Liebe.
Malice: boshafte Äußerung.
ars amandi: die Kunst zu lieben.
ars moriendi: die Kunst des Sterbens. Häufiger Titel alter Trostbücher.
Rütimann: erfundene Gestalt.
„Lueg, der Peter isch cho": „Schau, der Peter ist da."
mein etwas ins Feiste gediehener Adam: (humorvoller Ausdruck für) mein zu dick gewordener Körper.

Lisbeth: erfundene Gestalt.
Kuoni: erfundene Gestalt.
Cenzine: erfundene Gestalt.

Hauptprobleme

1. „Peter Camenzind" als Entwicklungsroman in der Abhängigkeit von Gottfried Keller

Nicht nur später, gelegentlich des „Demian" oder des „Glasperlenspiels", sondern schon in der zeitgenössischen Kritik wurde „Peter Camenzind" als Bildungs- und Entwicklungsroman, mitunter sogar als autobiographischer, apostrophiert und die geistige Verwandtschaft mit Gottfried Kellers „Grünem Heinrich" betont. „Peter Camenzind" ist „als literaturhistorisches Phänomen nicht nur der erste vollgültige Kraftbeweis des eigenständigen Epikers Hermann Hesse und damit der eigentliche Anfang seiner werdenden Meisterschaft, sondern er hat auch seinem Inhalt nach gerade das zum Gegenstand der Erzählung, was wir hier darzustellen unternommen haben, nämlich die innere Entwicklungsgeschichte des Dichters selber, indem er – als ein Entwicklungsroman – in weiten Teilen ganz autobiographische Züge trägt. Was uns von Peter Camenzind erzählt wird, gilt also auch – mutatis mutandis – von Hermann Hesse, der sich in diese Metamorphose seiner selbst eingestaltet hat wie auf einer früheren Entwicklungsstufe in die Gestalt des Literaten Hermann Lauscher.

Dabei steht dieser Roman übrigens, so eigenständig er weiterhin in den Motiven der Erzählung sich darstellt, paradoxerweise in einer ganz engen Abhängigkeit von Kellers großem Entwicklungsroman, mit dem er seinerseits sein episches Schaffen eröffnete, dem 'Grünen Heinrich'. Grundidee, Gesamtkonzeption und Handlungsverlauf des 'Peter Camenzind' hat der Dichter, als ein Schüler dem verehrten Meister, dem großen schweizerischen Realisten einfach abgeschaut. Im 'Grünen Heinrich' hatte Gottfried Keller die Geschichte eines jungen Künstlers dargestellt, der, aus engsten Ursprüngen seiner Schweizer Heimat stammend, Maler werden will, in die große Welt einer Kunststadt hinauskommt und dort sein Handwerk erlernt, aber einer lebensleeren, ästhetisierenden Romantik verfällt und, als er das Unzulängliche seiner Kunst erkennt, zugleich an seiner Berufung zum Maler überhaupt irre wird, entschlossen sich der realen Welt, dem nützlichen Wirken im

Bereich menschlicher Schicksale zuwendet, in die Heimat zurückkehrt als ein enttäuschter, aber tüchtiger und bescheidener Diener an den nüchternen Aufgaben, die der Dienst am Gemeinwohl seines engsten Lebenskreises ihm stellt.
Dieser Romankonzeption Gottfried Kellers lag seinerzeit das selbsterlebte Schicksal seiner verworrenen Jugend zugrunde, und wenn nun Hermann Hesse in seinem eigenen Roman den Schicksalsablauf seines Helden diesem Entwicklungsgang des Grünen Heinrich in ganz erstaunlicher Parallelität nachgezeichnet hat, so ist das doch deshalb keineswegs bloßes literarisches Epigonentum mehr, weil es ja auch für ihn weithin eigen erlebte Schicksalswirklichkeit bedeutete." (Stolte S. 33.)

2. Gastwirt in Nimikon – Flucht oder Erfüllung?

„Das Buch ist kein 'Desillusionsroman', wie man gemeint hat, sondern es steht in der Reihe jener positiven deutschen Sonderlings- und Outsider–Biographien von Jean Paul bis Wilhelm Raabe, die die menschlich-moralischen Eigenschaften der Güte, Brüderlichkeit und des Humors trotz aller Ungunst der Verhältnisse aufrechterhalten oder retten wollen." (Böttger S. 107.) Für die Entstehung seiner Abneigung gegen das Kollektiv gibt Camenzind selber einen Grund an: „Der frühe einseitige Umgang mit der Erde und ihren Pflanzen und Tieren hatte wenig soziale Fähigkeiten in mir aufkommen lassen."
Böttger nennt deshalb „Peter Camenzind" „einen Bildungsroman ohne verbindliche Bildungsmächte und ohne erziehliche Perspektive. Für Hesse gab es nicht mehr das Gesamtbild einer in sich geschlossenen bürgerlichen Gesellschaft. Einziger Maßstab war nur noch das Individuum. Die menschliche Isolierung des Künstlers und die Möglichkeit, wie sie zu überwinden sei, werden zum Hauptthema der Erzählung.
Die Vereinzelung Camenzinds wird ausschließlich psychologisch motiviert. Die gesellschaftlichen Ursachen liegen außerhalb des Horizonts." (Böttger S. 100.)
So stehen denn, von Sehensweise und Haltung des jeweiligen Betrachters bedingt, zwei Urteile über den Ausgang der Dichtung nebeneinander: die einen sehen ihn als Flucht aus einem unbewäl-

tigten Leben, die andern als letzte mögliche Stufe seiner Reife an. „Er begibt sich zurück in die Welt seiner Anfänge, in eine idyllische und still besonnte Sackgasse der Resignation und der Bescheidung." (Hans Rudolf Schmid, Hermann Hesse. Frauenfeld, Leipzig: Huber 1928. S. 65.) Und: „. . . während er zum Dichter wird, verbinden sich Natur und Geist. Das drückt sich auch äußerlich in seiner Rückkehr in die mütterliche Heimat aus, welche nicht ein Krebsgang, sondern ein Wiederkommen auf höherer Stufe ist. Der geistige, wissende Mensch lebt heimgekehrt in der mütterlichen Natur, wo sich erst sein Dichtertum vollenden kann. Hier wird ihm sein Werk gelingen, es wird die 'wie aus urwelthaften Götterträumen' redende Natur erlösen und ihr durch das Wort ewigen Fortbestand sichern; es wird eine wahrhaft mythische Dichtung werden. Durch sein Schaffen im unmittelbaren Zusammenhang mit der mitschaffenden Natur wird der Dichter selbst durchgöttlicht; denn das Verstehen der von Götterträumen kündenden Sprache der Natur ist ein 'Wiederfinden des Paradieses'. So bedeutet Camenzinds Heimkehr trotz aller scheinbaren Ironie der Darstellung eben doch Erfüllung." (Lüthi S. 15–16.)

3. Allgemeine Menschenliebe aus gescheiterter Frauenliebe
„Peter Camenzind" ist nicht zuletzt ein Versuch Hesses, seinen Standort innerhalb der Gesellschaft zu finden. Literarisch äußert er sich zwischen verehrender Anerkennung und schroffer Ablehnung. Hier heißen die beiden Pole Gottfried Keller und Stefan George. Keller wird in der Erzählung als Vorbild für wahrhaftige Kunst genannt. Über Georg schreibt Hesse: „In meiner Jugend konnte ich ihn nicht ausstehn, zumal ich in Basel eine seiner frömmsten Gemeinden kennenlernte." (GW 12, 416.) „Georges Kunst gilt bei naiven Menschen für musikalisch, man hört das jeden Tag sagen, während seine Verse absolut unmusikalisch sind. Jene Leser verwechseln das Pathos der Monotonie (das die Wüste auch hat oder das Taktschlagen eines Schnellzugs) mit Musikalität. Die Georgianer haben für die Lesung seiner und ihrer eigenen Gedichte einen feierlich leiernden Tonfall extra erfunden, der die wertlosen Endsilben der weiblichen Reime extra dehnt – das Gegenteil von Musik! Georges Verse ertragen das, was kein Gedicht von Goethe,

Eichendorff, Hölderlin vertrüge – aber die waren musikalisch." (GW 12, 415.)
Im Gegensatz zu dieser bipolaren Einschätzung der Kunst, aus der sich ohne Schwierigkeit ablesen läßt, daß er selber einen Standpunkt oder Standort hat, äußert sich seine Liebe – und es ist die Liebe Hesses, wenn man „Peter Camenzind" autobiographisch nimmt – als etwas Prozessuales. Aus Liebe zu sich selbst und Liebe zur Natur – aber nur Peter Camenzind war in seiner Kindheit faul und verträumt – entwickelt sich seine Liebe zu Menschen, die sich zunächst in Freundes- und Frauenliebe äußert, dann in Nächstenliebe und in allgemeine Menschenliebe mündet.
Hugo Ball hat hier noch bloße literarische Abhängigkeit gesehen: „Man braucht sich nur in eine elegante Dame zu verlieben, um die verflixte Ironie solch kleinstädtischen Angebindes gewahr zu werden. Auch dies ist ein Wesenszug des Romantikers; Goethe wußte es wohl. Viele typisch romantische Züge sind in solchen Verlegenheiten begründet und schwinden mit ihnen. Manche mißglückte Liebe – weder in Hesses Büchern, noch bei Gottfried Keller, noch bei den übrigen Romantikern fehlt es daran – hat hierin ihren Grund." (Ball 103.)
Für Eike Middell hingegen führt ein solcher Prozeß bei Hesse zu einem Verschmelzen von Positionen menschlicher Zuneigung mit dem Objekt der Zuneigung, wenn er schreibt: „Aus solchen Spannungen, dem Ungenügen an einer Umwelt, die ihm widerstrebt, in der er sich fremd fühlt (wenn ihre Hektik vielfach auch geradezu verzweifelt genossene Ablenkung bietet), schreibt Hesse seinen 'Peter Camenzind', sucht er Ersatzlösungen anzubieten, wenn unerwiderte Geschlechtsliebe abgebogen wird in allgemeine Menschenliebe, projiziert er gesellschaftliche Problematiken in die Natur. Denn eben weil er den Menschen so sehr als Teil der Natur betrachtet, die stumme Natur der Berge, Wälder und Wiesen anthropomorphisiert, gibt es für ihn als Übertragung gesellschaftlicher Phänomene in die Natur auch eine gleichsam naturgegebene decadence, ein ohnehin alterndes Geschlecht mit einer Neigung zum Tiefsinn, der keine erfreulichen Resultate zeitigt." (Middell S. 64–65.)

Hesse über „Peter Camenzind"

Peter Camenzinds Unzufriedenheit und Sehnsucht richtet sich nicht auf die politischen Verhältnisse, sondern teils auf die eigene Person, von welcher er mehr verlangt, als sie vermutlich wird leisten können, teils auf die Gesellschaft, an der er auf jugendliche Weise Kritik übt. Die Welt und die Menschheit, die er allerdings kennen zu lernen noch wenig Gelegenheit hatte, ist ihm zu satt, zu selbstzufrieden, zu glatt und normiert, er möchte freier, heftiger, schöner, edler leben als sie, er fühlt sich zu ihr von Anfang an im Gegensatz, ohne eigentlich zu merken, wie sehr sie ihn doch lockt und anzieht.
Da er Lyriker ist, wendet er sich in seinem unerfüllten und unerfüllbaren Verlangen der Natur zu, er liebt sie mit der Leidenschaft und Andacht des Künstlers, er findet zeitweise bei ihr, in der Hingabe an Landschaft, Atmosphäre und Jahreszeiten eine Zuflucht, einen Ort der Verehrung, Andacht und Erhebung.
Darin nun ist er... durchaus ein Kind seiner Zeit, der Zeit um 1900, der Zeit der „Wandervögel" und Jugendbewegungen. Er strebt von der Welt und Gesellschaft zur Natur zurück, er wiederholt im kleinen die halb tapfere, halb sentimentale Revolte Rousseaus, er wird auf diesem Wege zum Dichter.
Aber, und das ist wohl das unterscheidende Merkmal dieses jugendlichen Buches, er gehört dennoch nicht zu den Wandervögeln und Jugendgemeinschaften, im Gegenteil, nirgends würde er schlechter eingeordnet sein, als in diesen teils treuherzig-biederen, teils lärmend selbstbewußten Gruppen und Bünden, die bei Lagerfeuern entweder Gitarre spielen oder die Nächte hindurch diskutieren. Sein Ziel und Ideal ist es nicht, Bruder in einem Bunde, Mitwisser in einer Verschwörung, Stimme in einem Chor zu sein. Sondern statt Gemeinschaft, Kameraderie und Einordnung sucht er das Gegenteil, er will nicht den Weg vieler, sondern eigensinnig nur seinen eigenen Weg gehen, er will nicht mitlaufen und sich anpassen, sondern in seiner eigenen Seele Natur und Welt spiegeln und in neuen Bildern erleben. Er ist nicht für das Leben im Kollektiv geschaffen, er ist ein einsamer König in einem von ihm selbst geschaffenen Traumreich.
(Aus: Hermann Hesse, Über „Peter Camenzind")

Kontroverse Interpretationen

1.

Hier ist ein guter Stoff, der beste, den ein Dichter haben kann, das eigene, an innerlichen und äußerlichen Erlebnissen reiche Leben, geradezu abgeschlachtet, mit einer bedenklich an den Dilettanten erinnernden Bravour unberatener Verschwendung und auf die Gefahr hin, daß nun geradezu Verarmung eintrete. Hesse drängt es, sein Erlebnis loszuwerden, und so schüttete er es voreilig in diesem vom künstlerischen Standpunkte schlechten Buche wie einen Erdäpfelsack aus. Was da mitgeteilt wird, könnte einem außerordentlich nahegehen, aber das müßte ganz anders gemacht sein. Wo blieb die feinfühlig ordnende Hand des Künstlers? Es ist nicht genug, daß einer sage: „Sie war sehr schön und hieß so und so." **Zeigen** muß er sie, daß wir selbst empfinden: Sie war sehr schön, und nun erfreut sind auch zu wissen, wie sie hieß. Oder aber: Einer hat Lust, sein Leben wie ein Chronist aufzuzählen. Dann berichte er Freunden schlicht, wie's ihm in dieser schlechten Welt erging. Aber ein Buch „Peter Camenzind" zu taufen, darin ein paar Episoden des eigenen Erlebens sorgfältig auszumalen, die anderen Kapitel nur zu resümieren, das ist gar nichts, denn es mangelt das Wesentlichste, das, was ein Buch als das Werk eines Künstlers erweist: der **Stil.** Mit dem viel gemißhandelten Worte meine ich natürlich nicht Stilisiertheit, sondern **Form,** künstlerische **Bewältigung. . .**

Die jungen Dichter, die ihre Selbstbiographie zum Roman gestalten, schießen sich, wenn ihnen der Faden der Ereignisse ausgeht, am liebsten tot, Peter Camenzind wird Weinwirt. Eine Menge gleichgültigster (weil nicht künstlerisch durchgearbeiteter) Menschen tritt auf, jeder wird wie auf eine Schiefertafel leicht gekreidet, um wieder einem neuen Ankömmling zuliebe weggewischt zu werden, ohne daß wir Lust hätten, mit ihnen zu verweilen, die so geradeaus wie Profilumrisse ins Leere starren. Zwei bis drei Episoden sind sehr schön: der Tod der Mutter – des größten Dichters würdig-, der erste Trinkversuch des jungen Peter unter Anleitung des Vaters – ein Holzschnittgenrebild voll urwüchsigen Lebens. Allerlei Betrachtungen über literarische und Lebensbestrebungen, eigene und solche der jeweiligen Umgebung, breiten sich aus, ein paar rasche

Landschaftsskizzen in Wasserfarben huschen vorbei, einige Apostrophen an das Dichterherz und seine Wunder und den willigen Leser zeigen den Lyriker: so, freilich kürzer, dächte ich mir etwa einen. . . leicht hingeworfenen behaglichen Lebensabriß für verständige Freunde. . .
Namentlich was Hesse über die Wolken und den Föhn sagt, besser: singt, vor Enthusiasmus glühend singt, ist von einer Schönheit, einem Schwung, einer Farbenpracht, wie sie ähnliche Rhapsodien bei Jean Paul, Hölderlin und den großen Nordländern kaum hinreißender aufbringen. Aber auf solche Glanzpartien folgen kaum untermalte Strecken, nüchternste Referate, weitergeschrieben wie von einem selbst gelangweilten Reporter.
(Richard Schaukal in „Wiener Abendpost" Nr. 66 v. 19. 3. 1904)
2.
„Peter Camenzind" ist eigentlich weniger ein Roman als ein in der Form der Selbstbiographie liebevoll ausgeführtes Lebensbild und als solches im Grunde bloß das Gefäß für des Dichters eigene persönliche Bekenntnisse. Bezeichnend für seine eigene gesunde Natur und Anschauung ist schon der Gang dieser dargestellten Entwicklung, die seinen Helden aus der ländlich einfachen Umgebung eines Gebirgsdorfes nach einem Ausflug in die große Welt mit dem glänzenden Firnis der Kultur, dem schalen Gesellschaftsleben und der Fülle aller möglichen widerstreitenden Fragen wieder zurückführt an die Stätte seiner Kindheit, in die schlichten, aber natürlichwahren, menschlichen Verhältnisse seiner dörflich-bäuerlichen Heimat.
Überhaupt steckt in dem Buche eine erstaunliche Fülle scharfer Beobachtungen und feiner Bemerkungen über Natur und Menschen, die reichlich entschädigt für den Mangel einer größern äußern Handlung. Der Wert des Buches liegt denn auch weniger in der Komposition, als in diesen Einzelheiten, vor allem aber in dem edlen, malerisch und plastisch geradezu prachtvollen **Stil.** Läßt dieser auch in mancher Wendung deutlich den Einfluß Gottfried Kellers erkennen, so besitzt er doch andererseits genug eigenes Gepräge, um den Verfasser als eine dichterische Persönlichkeit mit selbständiger origineller Physiognomie erscheinen zu lassen.
(Fritz Marti in „Neue Zürcher Zeitung" Nr. 80 v. 20. 3. 1904)

3.
Technisch ist ja sein Roman nicht immer vollendet: Hesse erzählt die Geschichte nicht wie das Leben, sondern wie einen Traum, der ein Schicksal wiederholt, der das Liebe betont, das Üble vergißt, der über böse Jahre leichtfüßig hinwegeilt, um desto süßer sich im Anschaun trauter Bilder zu vergessen. die meisterliche Künstlerschaft des Hermann Hesse ist darum unbestreitbar; sein Stil ist klar, geschliffen und doch so ohne allen artistischen Glanz. Manchmal fällt einem die Bibel ein. Oft denkt man auch an Gottfried Keller, von dem er so viel gelernt: die Freude an Geruhigen, die Lust am Krausen und Schnurrigen und schließlich die große Kunst des Wehmutlächelns, das süßer ist als alle Leidenschaft.
(Stefan Zweig in „Die Freistatt", München, Heft 14 v. 2. 4. 1904)
4.
Diesen Reigen (der modehaften Jugend- und Entwicklungsromane) eröffnet Hermann Hesse mit seinem maßlos überschätzten „Peter Camenzind". Hesse besitzt den Vorzug treuherzig lyrischen Gefühls und einer nicht gewöhnlichen Sprachempfindung. Das ist aber auch so ziemlich alles. Immer wandert er irgendwo munter fürbaß in Gottes schöne Natur hinein, und so lange er die Wolken, den Wald oder den See gemütvoll ansingt, werden wir ihm jederzeit gerne lauschen. Aber sein Horizont dehnt sich nicht viel weiter, als der nächste Kirchturm und die allgemeine Menschenliebe reicht; er bleibt im Autobiographischen völlig stecken, und wenn er immer wieder nur seine edlen Bürgermädchen platonisch anschwärmt, so scheint er dabei fast noch an den Klapperstorch zu glauben. Einseitig im moralischen Urteil, ganz in der Tradition befangen, besonders in der Gottfried Kellers, kann er mit seiner himmelblauen Harmlosigkeit und seinem lebfrischen Naturburschentum nur als tüchtiger Volksschriftsteller gerühmt werden.
(Aus: Kurt Martens, Literatur in Deutschland. Studien und Eindrücke. Berlin 1910)

„Ratschläge" und „Erwiderungen"

Die nötige Distanz zwischen Hermann Hesse und Peter Camenzind hätte der Verfasser vielleicht besser erreicht, wenn er den Roman in die dritte Person statt der Ichform gebracht hätte.
(Arthur Eloesser in „Die Neue Rundschau" 1904)

Als erzählerische Form wurde die autobiographische Darstellung gewählt, denn „Peter Camenzind" ist als Selbstverkörperung und Selbstoffenbarung des Dichters gemeint. Das besagt nicht, daß der Held der Erzählung schlechthin mit Hesse identifiziert werden könnte. Wohl aber ist Camenzind der Typus, dem der Autor sich zugehörig fühlte und in dem er sich spiegelte.
(Fritz Böttger: Hermann Hesse. 1974)

Welch prächtige Episodenfigur hätte der problematische, plänereiche Onkel Konrad gegeben, wenn er etwas wirksamer herausmodelliert wäre! Wie rund und eindrücklich hätte der erste größere Abschnitt im Leben des Helden abgeschlossen werden können, wenn der Tod des Freundes, statt bloß kurz berichtet, voll in Szene gesetzt worden wäre.
(Theodor Klaiber-Grafenberg in „Neckar-Zeitung", Heilbronn, Nr. 109 v. 11. 5. 1904)

Wirklich großartig ist Camenzinds Kindheit und früheste Jugend geschildert: Mit einer Plastik sondergleichen treten da Figuren wie der Oheim Konrad und Peters Mutter hervor, ja einzelne Details gehören unter die poetischen Leistungen, deren man sich sein Leben lang mit Freunden erinnert.
(R. v. Enderes in „Wiener Deutsches Tageblatt" Nr. 26 v. 26. 1. 1905)

UNTERM RAD

Entstehung und Verbreitung

„Die Schule ist die einzige moderne Kulturfrage, die ich ernst nehme und die mich gelegentlich aufregt. An mir hat die Schulr viel kaputtgemacht."
(Brief an Karl Isenberg, 25. 11. 1904)

1903

Von Anfang Oktober 1903 bis Anfang August 1904 lebt Hesse in Calw. Noch im letzten Viertel des Jahres 1903 entsteht seine Erzählung „Unterm Rad". Am 28. Dezember schickt er das Manuskript an Samuel Fischer und hofft auf einen Vorabdruck in der „Neuen Rundschau".

1904

Am 9. Januar bestätigt S. Fischer den Eingang des Manuskripts, stellt einen Vorabdruck in der „Neuen Rundschau" jedoch erst für das nächste Jahr in Aussicht. Im März bietet Hesse das Manuskript der „Neuen Zürcher Zeitung" zum Vorabdruck an. Im April zieht Hesse das Manuskript von S. Fischer zur Überarbeitung zurück.
Nach einem Besuch bei Emil Strauß in Bernrain bei Emmishofen am Bodensee im Herbst 1903 sucht und findet Hesse eine Wohnung am Bodensee, ein leerstehendes Bauernhaus in Gaienhofen, das er am 10. August mit seiner Frau bezieht.

1905

Vom 5. April bis 17. Mai erscheint „Unterm Rad" in 35 Folgen als Fortsetzungsroman in der „Neuen Zürcher Zeitung". Die überarbeitete Fassung erscheint im Oktober (mit der Jahresangabe 1906) in Buchform im S. Fischer Verlag.

1909

„Unterm Rad" eröffnet die zweite Jahresreihe von „S. Fischers Bibliothek zeitgenössischer Romane".

1927

„Unterm Rad" wird im 143.–146. Tausend in die blaube Leinenausgabe der „Gesammelten Werke in Einzelausgaben" aufgenommen. In den bisherigen Ausgaben als Roman bezeichnet, trägt diese Dichtung jetzt die Bezeichnung Erzählung. Nach 1938 kann

„Unterm Rad" im nationalsozialistischen Deutschland nicht mehr erscheinen.

1951

„Unterm Rad" erscheint in bearbeiteter und leicht gekürzter Fassung im Suhrkamp Verlag Berlin und Frankfurt am Main im 152.–156. Tausend. 1970 erscheint diese Ausgabe im 167. Tausend vorerst zum letzten Mal. Weitere Ausgaben dieses Werkes bringt der Suhrkamp Verlag 1952 (Gesammelte Dichtungen), 1970 (Gesammelte Werke), 1972 (Suhrkamp-Taschenbuch) und 1977 (Jubiläumsausgabe). Lizenzausgaben erfolgen 1949 (Rainer Wunderlich Verlag Hermann Leins, Tübingen und Stuttgart), 1951 (Fretz & Wasmuth, Zürich), 1952 (Aufbau-Verlag, Berlin, und Bibliothek Fortschrittlicher Deutscher Schriftsteller, Berlin, sowie Büchergilde Gutenberg, Zürich), 1963 (Philipp Reclam jun., Leipzig), 1974 (Verlag Volk und Welt, Berlin) und – mit dem Text der in der „Neuen Zürcher Zeitung" veröffentlichten Erstfassung – 1977 (Büchergilde Gutenberg, Frankfurt am Main, Wien, Zürich).

Übersetzungen (ohne Neuauflagen und Lizenzausgaben)

1906 russisch
1938 japanisch
1944 dänisch
1948 spanisch
1951 japanisch
1953 japanisch
1954 japanisch
1955 polnisch
1957 englisch, französisch
1958 japanisch
1959 koreanisch (zweimal)
1961 russisch
1964 italienisch
1967 spanisch
1968 englisch, koreanisch, türkisch
1971 chinesisch, koreanisch, portugiesisch
1972 schwedisch

1973 chinesisch, koreanisch, niederländisch
1975 hebräisch
Das Manuskript von „Unterm Rad" befindet sich im Stadtarchiv Reutlingen.

Inhaltsangabe

Hans Giebenrath, begabter und fleißiger Sohn des verwitweten Agenten Joseph Giebenrath, ist der Stolz seiner Lehrer. In ärmlichen Verhältnissen aufgewachsen, soll er nach bestandenem Landexamen als Stipendiat ein theologisches Seminar und dann das Tübinger Stift absolvieren. Von den Lehrern und dem Stadtpfarrer der kleinen Schwarzwaldstadt wird Hans zu übersteigertem Ehrgeiz angefeuert; jede Freizeit wird ihm gestohlen; der zarte Knabe leidet darunter schwer.
Als Zweitbester besteht Hans das Landexamen. Aber statt der ersehnten Ferien mit Schwimmen und Angeln folgen für ihn neue Vorbereitungen durch Stadtpfarrer, Rektor und Mathematikprofessor, die sich in ihrer Verständnislosigkeit für den Jungen geradezu überbieten. Nur der Schuhmacher Flaig, ein Mann aus dem Volk, erkennt, wie gefährlich diese Aktivitäten sind.
Im Seminar Maulbronn ordnet sich Hans zunächst gut ein; er versucht auch hier einer der Besten zu werden. Aber er wird als Streber verschrien und von seinen Mitschülern gemieden. Da schließt er sich einem zweiten Außenseiter an: Hermann Heilner, einem eigenwilligen, aufsässigen Jüngling, der als ein Dichter gilt. Die Erzieher versuchen alles, diese Freundschaft zwischen dem Musterschüler und dem unbotmäßigen Zögling zu zerstören.
Einmal scheint das zu gelingen. Als Hermann eine Kazerstrafe erhält, vergißt Hans seine Freundespflicht; noch einmal siegt der Streber in ihm, und er meidet den Freund. Der jähe Tod eines Mitschülers bringt Hans zur Erkenntnis seines Fehlverhaltens, und es kommt zur Aussöhnung der beiden Jungen.
Aber Giebenraths Gesundheit ist untergraben. Er kann nicht mehr konzentriert arbeiten; seine Müdigkeit und Kopfschmerzen und Halluzinationen werden von den Lehrern als kleine Nervengeschichten abgetan, sein Leistungsabfall wird auf den unguten Einfluß

Heilners geschoben. In dieser Situation treffen ihn weitere Schläge. Hermann hat ihn verbotenerweise auf seinen Spaziergängen begleitet und dafür eine Karzerstrafe erhalten; um dieser Demütigung zu entgehen, ist er aus dem Kloster geflohen, nach Tagen erst ergriffen und schließlich, weil er keine Reue gezeigt hat, von der Anstalt verwiesen worden. Noch eine Zeitlang vermag sich Hans leistungsmäßig zu halten; aber der Haß der enttäuschten Lehrer verfolgt ihn, bis er eines Tages in einem Weinkrampf zusammenbricht.

Zu einem Erholungsurlaub kehrt er in seine Vaterstadt zurück. Sein Vater ist von ihm maßlos enttäuscht, da er die Erwartungen, die in ihn gesetzt worden waren, nicht erfüllt hat. Hans ist psychisch am Ende. Er weidet sich an Selbstmordgedanken. Noch einmal verfliegen Schwermut und Todesgedanken, als er von Meister Flaig zum jährlichen Mosten eingeladen wird und sich dort jugendlich schüchtern in die kraftstrotzende, lustige Nichte des Meisters verliebt. Aber Emma, dieses nach Liebe dürstende Mädchen, verläßt ihn, ohne von ihm Abschied zu nehmen.

Sein Vater verschafft ihm eine Lehrstelle bei einem Mechanikermeister im Ort. Sein einstiger Schulfreund August nimmt sich seiner an. Aber Hans kann auch hier keinen Anschluß mehr gewinnen. Von einem Sonntagsausflug mit August und einigen anderen Handwerksgesellen kehrt er nicht mehr zurück. Am nächsten Tag findet man ihn ertrunken im Fluß.

Erläuterungen

Unterm Rad: Es gibt die umgangssprachlichen Wendung „unter die Räder geraten (kommen)", die soviel bedeutet wie „zugrunde gehen". Der Titel „Unterm Rad" drückt einen Zustand aus: Hans Giebenrath, von Vater und Erziehern unters Rad gebracht, bleibt darunter, bis sein Leben auslöscht.

1.

Joseph Giebenrath: Neben dem Haus der Calwer Verlagsbuchhandlung in der Bischofsstraße 4, in dem der Großvater Gundert lebte und die Familie Hesse in den Jahren 1886–1889 und ab 1893 wohnte und wo „Kinderseele", „Demian" und viele andere Erzählungen Hesses spielen, befand sich das alte Postamt und, durch eine schmale Gasse getrennt, das Giebenrathsche Haus mit der Aufschrift „Wirtschaft u. Baeckerei Heinrich Giebenrath".

Adler: „Hotel Adler", jetzt abgebrochen, befand sich in Calw an der Einmündung der Stuttgarter Straße in die Bahnhofstraße.

Voressen: (schweizerisch für) Ragout (Mischgericht).

Metzelsuppe: (süddeutsch für) Wurstsuppe.

Philister: (hier in übertragenem Sinne für) Spießbürger.

Hans Giebenrath: Der Vorname macht einen Bezug zu Hesses Bruder Hans (1882–1935) deutlich: „Die Lateinschule, welche auch mir viele Konflikte gebracht hatte, wurde für ihn mit der Zeit zur Tragödie, auf andere Weise und aus anderen Gründen als für mich, und wenn ich später als junger Schriftsteller in der Erzählung 'Unterm Rad' nicht ohne Erbitterung mit jener Art von Schulen abrechnete, so war das leidensschwere Schülertum meines Bruders dazu beinah ebensosehr Ursache wie mein eigenes." (GW 10, 211.) Hermann Hesse erzählt von ihm in „Schön ist die Jugend"; nach dem Tode seines Bruders Hans schrieb Hermann Hesse das Gedicht „Nach einem Begräbnis" und die „Erinnerung an Hans", aus der das Zitat stammt.

das kleine Schwarzwaldnest: Es handelt sich um Calw, Hesses „Gerbersau", ohne daß die Stadt mit Namen genannt wird.

sie war seit Jahren tot: Auch Goldmunds („Narziß und Goldmund") und Josef Knechts („Das Glasperlenspiel") Mutter waren früh gestorben.

Hypertrophie: übermäßige Vergrößerung von Geweben und Organen infolge Vergrößerung der Zellen.

die Reden Zarathustras: Nietzsches philosophische Dichtung „Also sprach Zarathustra" 1883 ff.)

Landexamen: Prüfung der landesbesten Schüler eines Jahrgangs zur Aufnahme in eine der protestantischen Klosterschulen. Die Prüfung, an der Hesse teilnahm, fand im Eberhard-Ludwig-Gymnasium Stuttgart vom 14.–15. Juli 1891 statt.

Seminar: „Unmittelbar nach dem Augsburger Religionsfrieden begann Herzog Christoph, einer der bedeutendsten württembergischen Fürsten, das Kirchen- und Schulwesen seines Landes zu ordnen und neu aufzubauen. Die folgenreichste Neuerung war die Verwandlung der vierzehn württembergischen Mannsklöster zu protestantischen Klosterschulen, an denen vierzehn- bis achtzehnjährige Knaben des Landes als Stipendiaten zum Studium der evangelischen Theologie vorbereitet werden sollten. Diese Neuordnung, 1565 durch Landtagsbeschluß feierlich bestätigt, trug ungeahnte Früchte, denn der Einfluß der Seminare, deren Zahl zwar im Laufe der Jahrhunderte auf vier Internate in Maulbronn und Schöntal, Blaubeuren und Urach zusammenschmolz, reicht weit über den der alten Schulen Württembergs hinaus. Die besondere, in manchem zweifellos sehr einseitige Prägung der württembergischen Geistigkeit ist zu einem wesentlichen Teil durch die Seminare und dann durch das evangelisch-theologische Stift an der Universität Tübingen, das die Seminaristen aufnahm, erfolgt." (Bernhard Zeller, Hermann Hesse. Reinbek: Rowohlt 1963. S. 22.)

Hekatombe: großes Opfer (ursprünglich von 100 Stieren); auch für: große Menschenverluste durch Krieg, Seuchen usw.

Prosodion: ein im Chor gesungenes altgriechisches Prozessionslied; prosodisch (die Prosodie betreffend) bedeutet silbenmessend.

der Brenzische Katechismus: Johann Brenz (1499–1570), schwäbischer Reformator, ordnete das schwäbische Kirchen- und Schulwesen. Der Brenzische Katechismus, ein Leitfaden der christlichen Glaubenslehre in Frage und Antwort, war noch bis ins 20. Jahrhundert in Gebrauch.

Botticelli: eigentlich Filipepi, Sandro, italienischer Maler (1444/45–1510).

die großen Kirchberglinden: in Calw 1817 zur Erinnerung an die dreihundertjährige Wiederkehr der Reformation gepflanzt.

beide große Brunnen: Tatsächlich stehen zwei Brunnen auf dem Calwer Marktplatz.

zur alten Brücke: die Nikolausbrücke.

die kleine gotische Brückenkapelle: die über dem mittleren Pfeiler im 14. Jahrhundert errichtete Brückenkapelle St. Nikolaus.

Schuhmachermeister Flaig: erfundene Gestalt; sie erscheint wieder im „Walter Kömpff".

Pietisten: Anhänger einer im 17. Jahrhundert entstandenen

religiösen Bewegung im Protestantismus zur Erneuerung des frommen Lebens und einer ihm dienenden Reform der Kirche.
Stundenbruder: einer, der an Gebets- oder Bibelstunden teilnimmt.
Kronengasse: Gasse zwischen Marktplatz und Lederstraße.
einen Bretterstall gezimmert: „Es war ein Lattenverschlag in meines Vaters kleinem Garten, da hatte ich Kaninchen und einen gezähmten Raben leben. Dort hauste ich unendliche Stunden, lang wie Weltzeitalter, in Wärme und Besitzerwonne, nach Leben dufteten die Kaninchen, nach Gras und Milch, Blut und Zeugung..." („Kindheit des Zauberers", GW 6, 374.)
Schulfreund August: erfundene Gestalt.
Herr Giebenrath stak in einem schwarzen Gehrock: Nicht der Vater, sondern die Mutter Hesses war mit in Stuttgart; Hermann Hesse war aber direkt von Göppingen nach Stuttgart gefahren.
einhundertachtzehn Kandidaten: „Es seien 79 Bewerber." Hermann Gundert an seinen Sohn Hermann, Brief vom 13. Juli 1891. (KuJ 1, 101.)
Rasch und fast fröhlich machte er sein Konzept: „Beim Lateinischen gestern war Hermann der Zweite, der fertig wurde und bald nach elf Uhr heimwanderte und ins Volksbad..." Marie Hesse an Hermann Gundert und Johannes Hesse, Brief v. 15. Juli 1891. KuJ 1, 102.)
irrte zwei Stunden in den heißen Stadtstraßen umher: nicht autobiographisch.
Bei einem derselben fanden sie einen schwarzgekleideten schüchternen Buben, der von Göppingen hergekommen war, ebenfalls um das Landexamen zu machen: „Auch heute Abend sind Hermann und ich zu Nestles eingeladen, wo auch ein Landexaminand logiert, ein Oehler aus Cannstatt." (KuJ 1, 102.)
der Primus auch ein Göppinger: „...daß ein Göppinger Kieser Primus wurde..." (KuJ 1, 103.)
Xenophon: griechischer Schriftsteller (um 400 v. Chr.)." Ich will Euch alle meine Fächer schreiben und welche ich gern habe. N. T. (schön!), Arithmetik (Au!), Geschichte (nett), Livius (fein!), Deutsch (fein!), Französisch (!!!???), Singen (köstlich!), Xenophon (schön!), Religion (schön!), hebräisch (?), Turnen (unterschiedlich); Homer (famos!), Ovid (fein!), Geometrie (o weh!), Aufsatz (Ah!!!); Perioden (schön).

Griechische COMPOSITION (minus); Geigen anständig." (Hesse an seine Eltern am 30. November 1891. KuJ 1, 142.)

Aorist: Form des Zeitwortes, die eine in der Vergangenheit geschehene Handlung ausdrückt; im Griechischen die erzählende Zeitform; in den meisten indogermanischen Sprachen geschwunden.

die alte Anna: Vgl. dazu die Frauengestalt gleichen Namens in „Kindheit des Zauberers" (GW 6,371–390.).

zur „Waage": Gegend, die ihren Namen von der öffentlichen Waage erhalten hat.

Händler Sackmann / Kirchnerscher Zimmerplatz / Inspektor Geßler / Tochter Emma / Nascholds Liese / der Strohmeyer / „Herr Beck": vermutlich allesamt damals wirklich existierende Namen und Bezeichnungen. Emma Geßler ist die Emma Meier der Erzählung „Auf dem Eise" aus dem Jahre 1900 (GE 4, 307–310).

Schnappsack: (veraltete Form für) Vorratsranzen.

Kommerzienrat: bis 1919 verliehener Titel für Männer aus Handel und Industrie.

Chrestomathie: für den Unterricht in einer Sprache geeignete Auswahl aus (Prosa)schriftstellern.

Hanfried: vermutlich damals wirklich existierende Person.

2.

Öhmd: (südwestdeutsch für) das zweite Mähen, die Grasnachschnur.

vom Becken: lautet in der 1. Fassung „vom Bäcker".

Vakanz: (mundartlich für) Ferien.

Wenn i's no au so hätt: volkstümliches Spottlied.

Öhrn: Eren oder Ern (oberdeutsch für) Hausflur, -gang.

Bengel: Johann Albrecht Bengel (1687–1752), Pietist, Schöpfer der neutestamentlichen Bibelkritik in Deutschland.

Oetinger: Friedrich Christoph Oetinger (1702–1782), lutherischer Theologe, brachte Jakob Böhmes und Bengels Gedanken in ein zusammenhängendes Weltbild. Werke Bengels und Oetingers gehörten zum Maulbronner Lehrstoff: „Während Du in Deiner Klause, / Ferne von der Welt Gebrause, / In des Klosters stiller Enge / Liest hebräische Gesänge, / Während Du im Hörsaal sitzest, / Über

Kautzsch und Plato schwitzest, / Bengel, Oetinger studierest, / Auch in Mozart Dich verlierest, / Hat Dein ferner Freund bei Nacht / Warm und treu an Dich gedacht. . ." (Hesse Anfang 1895 an Theodor Rümelin. (KuJ 1.436 f.)

Steinhofer: Friedrich Christoph Steinhofer (1701–1761), evangelischer Kirchenliederdichter und Verfasser mehrerer Erbauungsschriften.

Mörike: Eduard Mörike (1804–1875), besuchte in seiner Jugend die Uracher Klosterschule und das Tübinger Stift. In seiner 1852 geschriebenen Idylle „Der alte Turmhahn" heißt es: „Da stehn in Pergament und Leder / Vornan die frommen Schwabenväter: / Andreä, Bengel, Rieger zween / Samt Ötinger sind da zu sehn."

Früher war ihm ein Gang von drei, vier Stunden doch gar nichts gewesen: Der stellenweise stark autobiographische Charakter dieser Erzählung wird hier besonders deutlich. In einem Brief der Mutter Hesses an Hesses Schwester Adele vom 19. August 1891 heißt es: „Dienstag Morgen früh vor 6 Uhr stiefelten Carl und Hermann insgeheim fort nach Wildberg und kamen wieder zu Fuß heim bis gegen 1 Uhr zum Essen, als wir eben damit fertig waren. Hermann war dann so kaputt und müde, daß Carl keine Lust mehr hat, größere Märsche mit diesem gern groß sprechenden und wenig leistenden Burschen zu machen." (KuJ 1, 104.)

Homer: griechischer Dichter (800 v. Chr.) „Im Homer lesen wir zuerst die Odyssee. Ich lerne manche Verse daraus auswendig." (Hesse an seine Eltern am 11. Oktober 1891. KuJ 1, 120.)

Prosodie: in der Antike die Lehre von dem, was bei der Aussprache zu den bloßen Lauten noch „hinzugetönt" wurde, vor allem relative Tonhöhe und Quantität.

fuhren Vater und Sohn nach Maulbronn ab: Hesse wurde am 15. September 1891 von seiner Mutter nach Maulbronn gebracht.

3.

Zisterzienserkloster Maulbronn: Diese ehemalige Zisterzienserabtei ist 1147 gegründet worden und heute das besterhaltene mittelalterliche Kloster in Deutschland. „. . . ich war auch selber Klosterschüler in Maulbronn. Es war die Zeit meiner wildesten

Stürme, zwischen Knaben- und Jünglingsalter, und auf diese mächtigen Klostermauern und Kreuzgänge häuft meine Erinnerung allen unwiederbringlichen Glanz, der jener Zeit der ersten Ideale und Sehnsucht eigen ist. Wie voll genoß ich da die sich erschließenden Wunder Homers, wie lebte ich mich in die gotische Kühle der herrlichen steinernen Räume ein und litt doch zugleich unter der Klausur! Damals wußte ich noch nicht, daß das Ziel meiner brennenden Sehnsucht nirgends mit Händen zu greifen sei, ich sah die 'Welt' in lockenden Farben liegen und schob alles Elend auf die strenge Verbannung in den Klostermauern. Es war der erste wichtige Schritt meines Lebens, als ich damals, voll glühenden Durstes nach Licht, Schönheit, Freiheit, aus dem Kloster entfloh, und ich leide noch heute unter dieser knabenhaften Geniereise. Was ich fand, das lohnte wahrlich diese verzweifelte Sehnsucht nicht. Dort liegt nun, im Schatten der Linden, mit den Bogenfenstern, Kreuzgängen und Kapellen, weltabgeschieden ein Stück meiner Jugend unerlöst und blickt mit Vorwurf mich an." (Hermann Hesse an Helene Voigt-Diederichs. Tübingen, 24. 4. 1899. GB 1, 55 f.) Namensmäßig verfremdet hat Hesse Maulbronn in „Narziß und Goldmund" Mariabronn genannt. Hermann Hesse war am 15. September 1891 ins Maulbronner Seminar aufgenommen worden. Zum Tode König Carls von Württemberg deklamiert Hesse auf der Stube „Hellas" ein eigenes Gedicht „Auf des Königs Tod". Am 12. Dezember 1891 hat er eine Auseinandersetzung mit einem Mitschüler: „Noch etwas Unangenehmes habe ich zu sagen. Ich will nichts verschweigen, sondern offen sagen: Ich hatte gestern den ersten Zerfall mit einem 'Kameraden', mit O. Knapp. Er hatte meinen Berner Bären, in den ich vernarrt bin, aus Mutwillen zu Grund gerichtet. Als ich mich beschwerte, forderte er mich in aller Form heraus, und ein Schiedsgericht erklärte mich für 'schandbar feig', wenn ich nicht kämpfte. Knapp war stark und mir war bei der Sache nicht wohl; obwohl ich den Herausforderer unendlich verachtete, wußte ich wohl, daß er mich, wenn er alle Kraft anstrenge, leicht werfen könne. Da ich meinen schwachen Beinen nicht traute, verlangte ich einen Faust-, keinen Ringkampf. 'Los!' Beim ersten Schlag flog meine Brille weit hinaus, war aber noch ganz. Jetzt hieben wir einander ohne Rührung, wo wir trafen, nur die Augen waren in Garantie. Kinn, Stirne, Hinterkopf, Brust und Magen erhielten unglaublich viel Prügel. Der Kerl (nicht bös gemeint!) boxte mich mit dem Ellbogen in den Bauch, das brachte mich so in Wut, daß ich mich hoch aufrichtete, alle Kräfte krampfhaft anstrengte und ihm einen Hieb auf die Brust versetzte, daß er wankte und fiel. Doch war er unbesiegt, da seine Schultern den Boden nicht berührten. So schlugen wir noch lange, bis wir einfach gar keine Kraft mehr hatten und ich kaum mehr schreiten konnte. Blut floß ganz wenig. Doch beruhigt Euch, außer Beulen und handbreiten blauen Zeichnungen hats nichts abgesetzt und wir – **sind versöhnt.** Ich habe den Hergang möglichst richtig geschildert." (Hermann Hesse an seine Eltern am 13. Dezember 1891. KuJ 1, 148 f.) Am 7. März 1892 floh Hesse aus dem Seminar; er wurde von einem Landjäger gefunden und zurückgebracht; danach saß er acht Stunden im Karzer ab. Am 23. März 1892 wurde Hesse vom Arzt nach Hause zu seinen Eltern geschickt. Am 23. April kehrte er nach Maulbronn zurück. Am 7. Mai 1891 reiste Marie Hesse nach Maulbronn, um Hermann abzuholen. „Herr Ephorus hatte von zwei Vätern von Seminaristen Zuschriften bekommen, wegen H. Drei Lehrer und der Arzt hatten um H.'s Entfernung gebeten, nur der Ephorus und Professor Walz glaubten **nicht** an Geistesstörung und hofften, er komme bald wieder zurecht." (Aus dem Tagebuch von Marie Hesse. KuJ 1, 206 f.)

Oratorium: (im Sprachgebrauch der katholischen Kirche) ein gottesdienstlicher Raum, der im Unterschied zu einer Kirche nicht für den allgemeinen öffentlichen Gottesdienst bestimmt ist.

Parlatorium: der Sprechraum, also der Raum, in dem die sonst zu völliger Schweigsamkeit verpflichteten Klosterinsassen ihren Oberen wichtige Mitteilungen machen durften.

Laienrefektorium: Im Gegensatz zum Herrenrefektorium, dem großen Speisesaal der Vollmönche, war das in allen mittelalterlichen Zisterzienserklöstern davon streng geschiedene Laienrefektorium der Speisesaal der Konversen, der Laienbrüder.

Wer beim Eintritt ins Klosterseminar noch eine Mutter gehabt hat...
Auch Goldmund (in „Narziß und Goldmund") hat beim Eintritt in die Klosterschule keine Mutter mehr.

Doment: abzuleiten von Dormitorium, dem Schlafsaal im Kloster.
Famulus: Diener; hier: Gehilfe der Lehrer.
Nürnberger Trichter: Georg Philipp Harsdörffer (1607–1658), ein Nürnberger Gelehrter, Dichter und Ratsherr, schrieb 1648–53 drei Bände seines in Nürnberg erschienenen Buches „Poetischer Trichter. Die Teutsche Dicht- und Reimkunst ohne Behuf der lateinischen Sprache in VI Stunden einzugießen". Jetzt wird der Ausdruck scherzhaft für Lehrverfahren gebraucht, durch das auch dem Dümmsten etwas beigebracht (eingetrichtert) werden kann.
Stube Hellas: „Ich bin auf der größten Stube (Hellas). Auf unsrer Stube haben wir, was viel heißen will, den Primus, den 2t., den Fiskar und den Bibliotheker, ich selbst bin Censor, d. h. Sittenrichter für diese Woche (bis Samstag Abend)." (KuJ 1, 109.) Die Stube Hellas war von 13 Seminaristen bewohnt: Robert Gabriel, Theodor Gehring, Robert Geiges, Wilhelm Häcker, Karl Hammelehle, Otto Hartmann, Hermann Hesse, August Hinderer, Hugo Hochstetter, Hermann Kieser, Johannes Klaiber, Otto Knapp, Wilhelm Lang.
Ephorus: Leiter eines evangelischen Seminars.
Otto Hartner: „Da ist einmal mein Nachbar **Hartmann,** ein fleißiger, ordnungsliebender Jüngling, der in allem eine gewisse nachlässige Würde zeigt, an der man den Residenzler erkennt. Er steckt seinen Zwicker mit graziösem Anstand in die Tasche, macht hie und da einen isolierten Witz, ist sehr schwer von einer einmal gefaßten Meinung abzubringen." (Hermann Hesse am 14. Februar 1891 an seine Eltern. KuJ 1, 171.) Otto Hartmann, geboren 1877 in Stuttgart, gestorben 1952 in Ludwigsburg, besuchte von 1891 bis 1895 die Seminare Maulbronn und Blaubeuren, studierte Jura in Tübingen, Berlin und Leipzig, war ab 1904 Rechtsanwalt in Eßlingen a. N., von 1919 bis 1933 Oberbürgermeister in Göppingen, wurde von den Nationalsozialisten des Amtes enthoben, war von 1943–1946 Direktor der Landesdienststelle Württemberg des Deutschen Gemeindetages in Stuttgart. – Hesse gedenkt seines Freundes Otto Hartmann in „Herbstliche Erlebnisse" (1952). Darin beschreibt er sein letztes Zusammensein mit dem Freund, der ihn 1952 in Montagnola besuchte. Er erzählt seinem jüngsten Sohn, wann und wo sie einander kennengelernt hatten: im Kloster Maulbronn. „Dort wurde

Otto mein Schulkamerad, noch nicht aber mein Freund. Das ergab sich erst bei späten Wiederbegegnungen, aber es wurde eine feste, unsentimentale aber herzliche Freundschaft daraus." (Hesse, Briefe an Freunde. Frankfurt 1977. S. 120–130.)

Karl Hamel: Karl Hammelehle, Ökonomensohn von der Rauhen Alb, später Rechtsanwalt in Stuttgart." Vorher hab ich noch **Karl Hammelehle** vergessen, einen seltsamen Schwärmer, der mir nicht nahe steht, da wir uns in manchen Punkten widersprechen. Er ist hervorragend als Charakterkritiker, über sich selbst aber, sagt er, sei er nicht aufgeklärt. Neulich ließ er die Bemerkung fallen: 'Ich bin ein Sumpf, ein großer Sumpf, aus dem mein einzelnes Ich nicht mehr herauskommt.' Er ist oft schwermütig, kämpft dann wütend und ist selten mit sich zufrieden, aber aus einem andern Grund als aus Pflichtgefühl." (Hermann Hesse am 14. Februar 1891 an seine Eltern. KuJ 1, 170 f.) Karl Hammelehle gehörte später zu Hesses Tübinger Freundeskreis und verlebte mit ihm und einigen anderen Tübinger Studenten im Sommer 1899 eine Ferienzeit in Kirchheim unter Teck, beschrieben in Hesses Erzählung „Lulu" (GW 1, 253–293) – hier trägt Hammelehle den Namen Karl Hamelt – und in Ludwig Finckhs „Verzauberung" (Ulm: Gerhard Hess Verlag 1950).

Hermann Heilner: Mit- und Gegenspieler von Hans Giebenrath. Der Vorname Hermann und die Initialien H. H. lassen die autobiographische Assoziation erkennen. Hesses Vorliebe für den Vornamen Hermann („Hermann Lauscher"), Hermine („Der Steppenwolf") und H. H. („Die Morgenlandfahrt") ist unverkennbar. Wieweit das Verb „heilen" in Heilner zur Interpretation herangezogen werden kann, ist umstritten.

Aufsatz im Landexamen in Hexametern: „Ein Rechenexempel muß ihm nicht gelungen sein, dagegen hieß es, den Aufsatz habe er gleich auch in Verse verwandelt (ohne doch diese Version einzureichen)." (Hermann Gundert an seinen Sohn Hermann am 20. Juli 1891. KuJ 1, 102.)

Emil Lucius: Assoziation zu einem Maulbronner Schulkameraden ist nicht nachgewiesen.

Musiklehrer Haas: Musiklehrer Haasis, der auch Turnen und (fakultativ) Zeichnen unterrichtete. „Alle unsre Lehrer (resp. Rep. Traub) sind beliebt, ausgenommen Herr Turn- und Musiklehrer Haasis. Lieber wollte ich 2 oder 3 Stunden Cicero schaffen, als eine solche Turnstunde durchmachen. . . Bei Herrn Haasis haben wir auch Singstunde. . ." (Hermann Hesse an seine Eltern am 4. Oktober 1891. KuJ 1, 113 f.) „Ich wollte, es wäre schon Ostern, dann könnte ich das Geigen aufstecken; es ist eine Qual bei Herrn Haasis." (Hermann Hesse an seine Eltern am 25. Oktober 1891. KuJ 1, 126.) Eine Auseinandersetzung Hermann Hesses mit dem Musiklehrer Haasis hatte wohl dazu beigetragen, daß Hesse am 7. März 1892 das Seminar unerlaubterweise verließ. Nach seiner Rückkehr gab Hesse den Geigenunterricht bei Haasis auf.

Waldsee: Gemeint ist der Haurker Waldsee nahe beim Kloster Maulbronn. Hesse suchte ihn damals gern und häufig auf. „Mein Lieblingsplatz ist am 'Haurker See'. Denkt Euch einen alten, schönen Buchenwald und mitten zwischen den uralten Bäumen ein reizender schilfumkränzter Waldsee mit niedrigen, üppig bewachsenen Ufern." (Hermann Hesse an seine Eltern am 4. Oktober 1891. KuJ 1,116 f.) „Unser Kloster war von mehreren kleinen Seen umgeben. Unter diesen war der kleinste, ein brauner, verschilfter Waldweiher, mein Liebling. Eingefaßt von Buchen, Eichen und Erlen lag er unbewegt in ewiger Windstille dunkel im breiten Schilfgürtel, überhängende Äste und ein rundes Stück Himmel spiegelnd." (Hermann Hesse, Erwin. 8. Ottner Liebhaberdruck. Olten 1965. Diese Erzählung Hesses befand sich in seinem Nachlaß und wurde vermutlich 1907 oder 1908 geschrieben.)

über Wälder und Dörfer und Oberämter und Länder weg: In „Erwin" (a. a. O. S. 19.) heißt es: „Aber stell dir vor – so eine helle Wolke, die immer weiter reist und die Sonne auf dem Rücken hat und unter sich die Städte und Oberämter und Länder und Erdteile."

wie schöne Schiffe: Vgl. dazu die Wolkenbilder in „Peter Camenzind" und das Gedicht „Wolken" („Wolken, leise Schiffer, fahren. . .")

Odysee: Neben der „Ilias" eines der Hauptwerke Homers.

die geheimnisvolle, sonderbare Kunst, seine Seele in Versen zu spiegeln: Vgl. dazu Hesses Märchen „Der Dichter" (GW 6, 32–39).

Otto Wenger: Assoziation zu einem Maulbronner Schulkameraden ist nicht nachgewiesen. Kein Bezug zum Mädchennamen von

Hesses zweiter Frau (Ruth Wenger).
Schiller: Die Lektüre Schillers begann auf der Lateinschule. „Ein bedeutender Schlauch ist es auch, Schillers Wallenstein ins Lateinische zu übersetzen, was wirklich unsre Klasse stark in Anspruch nimmt." (Hermann Hesse an seine Eltern am 25. Januar 1891. KuJ 1, 79.) In seiner Maulbronner Zeit erfüllt es Hesse mit Freude und Stolz, wenn er bei den abendlichen Deklamationen auf den Zimmern Schiller vortragen darf. Man liest auch Schillersche Dramen („Fiesko", „Parasit"), „den herrlichen Schiller" (KuJ 1, 166), mit verteilten Rollen. Nach Stetten wünscht er sich im August 1892 „einen oder zwei von meinen Schillerbänden" (KuJ 1, 250). Hesses „Ratschlag zum Schillerfest: Schiller sollte aus dem Lehrplan der Gymnasien gestrichen und womöglich auch noch den Schülern verboten werden. Dann wäre er bald wieder unerhört populär und wirksam. Uns allen ist er von den Schullehrern verleidet worden und wir mußten ihn uns später – oft schon zu spät – mühsam wieder erobern." (1905. GW 12, 199.)
Pentateuch: Bezeichnung für die fünf Bücher Mosis im Alten Testament.
Livius: Lucius Livius Andronicus, der älteste bekannte lateinische Dichter, ein Grieche aus Tarent, lebte im 3. Jahrhundert v. Chr. „Aber auch der alte Livius, der Ovidius, sogar der alte Homer und der hebräische Grammatiker Strack, sind im Freien draußen viel unterhaltender, als sie einem am Stehpult im Kloster erscheinen." (Hermann Hesse an seine Eltern am 4. Oktober 1891. KuJ 1, 118.)
Heine-lesende Jünglinge: Heine als Leseerlebnis für Hesse beginnt Mitte 1893 und erreicht einen ersten Höhepunkt Anfang 1895. Vgl. Hesses Briefe an Theodor Rümelin in KuJ 1.
Ossian: Held eines südirischen ossianischen Sagenkreises.
Shakespeare: Shakespeare gehörte zur Schullektüre.
Promotion: Jeweils ein Jahrgang in den Klosterschulen wurde als Promotion bezeichnet. Dazu gab man das Jahr des Beginns und der Beendigung der Seminarausbildung an. Hesse gehörte zur Maulbronner Promotion 1891/95 (allerdings nur bis 1892); diese Promotion war am 19. September 1893 ins Seminar Blaubeuren übergewechselt, um hier den letzten Teil der Schulzeit zu verbringen.

„Lieder eines Mönches": Ein Wachstuchheft oder andere Aufzeichnungen mit diesem Titel sind nicht überliefert.
„Per aspera ad astra!": Über rauhe Pfade zu den Sternen. (Lateinische Redensart.)

4.
Hindinger: August Hinderer, von Böblingen, Pfarrer in Stuttgart bei der Evangelischen Gesellschaft, gestorben als Professor in Berlin. „Dann ist da **Hinderer,** mein andrer Nachbar, ein winziges Männlein mit Mausäuglein, leicht wie ein Schmetterling, lacht viel und denkt wenig, ist gutmütig und musikalisch. Neulich spannte er über ein Brettchen mit einem Steg kleine Gummischnürchen, die er zu zwei Tonleitern stimmte; auf dieser Guitarre spielt er Volkslieder, Akkorde, sogar Tänze." (Hermann Hesse an seine Eltern am 14. Februar 1892. KuJ 1, 171.) „Hier wie in allen seinen Büchern ging es Hesse ganz offensichtlich nicht um das Abbild, sondern um das Sinnbild, und er bediente sich der Vorlagen aus der Wirklichkeit nur insoweit, als sie vom Grundsätzlichen seiner Thematik nicht abwichen." (Volker Michels in: Hermann Hesse, Unterm Rad. Frankfurt a. M., Wien, Zürich: Büchergilde Gutenberg 1977. S. 214.)
Professor Meyer: Ob es in Maulbronn einen Lehrer dieses Namens gab, konnte bislang nicht geklärt werden.
Lenau: Nikolaus Lenau, eigentlich Nikolaus Niembsch, Edler von Strehlenau (1802–1850), deutscher Dichter. „Lenaus träumende Lieder" (KuJ 1,166,) wurden von Hesse während der Maulbronner Zeit gern deklamiert.
eine tiefe Kluft befestigt: nach Luk. 16, 26.
Doktor Faust: der Schwarzkünstler der Sage, in Wirklichkeit wahrscheinlich Georg Faust, entweder in Knittlingen (Württ.) oder Helmstadt im Kraichgau um 1480 geboren; an ihn erinnert im Kloster Maulbronn noch heute der Faustturm.
differendum est inter et inter: das Entscheidende (der Unterschied) liegt genau dazwischen.
Dunstan: Eine persönliche Assoziation Hesses ist zu vermuten, konnte aber noch nicht festgestellt werden.
Epigramm: Sinngedicht, Spottgedicht.

Distichon: Verspaar aus Hexameter und Pentameter.
Xenie: eigentlich „Gastgeschenk"; kurzes Sinngedicht.
Fast alle Schüler beteiligten sich nun einige Tage lang am Xenienkampf: „Am nächsten Morgen war die Türe von oben bis unten mit Xenien beklebt, kaum Einer war verschont oder hatte geschwiegen." (Hermann Hesse, Erwin. A. a. O. S. 27.)
der famose Aretiner: Pietro Aretino (1492–1556), wegen seiner Schmähschriften und Briefe gefürchteter italienischer Renaissanceschriftsteller.
kleine Nervengeschichten: „Schon am 23. März kam Hermann – acht Tage von der Vakanz – wegen Kopfweh und Schlaflosigkeit vom Arzt heimgeschickt." (Aus dem Tagebuch von Marie Hesse, Ende März 1892. KuJ 1, 196.)
abends, auf dem Eis: Vgl. dazu Hermann Hesse, Auf dem Eise. (Entstanden 1900. GE 4, 307–310.)
kleine Geniereise: Über die „schwerste Krise" seines Schullebens, das Davonlaufen aus Maulbronn und die Folgen, berichtet Hermann Hesse 1952 in dem Gedenkblatt „Großväterliches" (GW 10, 302–311). Dort zitiert er, was ihm sein Großvater nach dem Davonlaufen aus Maulbronn gesagt hat: „So, du bist's, Hermann? Ich habe gehört, du habest neulich ein Geniereisle gemacht."
Femegericht: im Erstdruck 'Fehmegericht' geschrieben.

5.
Repetent Wiedrich: Gottlob Wüterich (1866–1943), seit 1891 Repetent in Maulbronn, 1896 Pfarrer in Stetten am Heuchelberg; Jugendpfarrer in Stuttgart, zugleich vierter Pfarrer an der Hospitalkirche Stuttgart bis 1904. 1913 vierter Pfarrer an der Leonhardskirche Stuttgart, 1918 erster Jugendpfarrer und zweiter Pfarrer an der Gedächtniskirche Stuttgart, Leiter der Landesjugendstelle, 1929 Kirchenrat. 1929 D. theol. h. c. der Theologischen Fakultät der Universität Tübingen. – Nachdem Repetent Traub von Maulbronn weggegangen war, erhielt Hesses Gruppe den Repetenten Wüterich, er „scheint aber durchaus kein solcher zu sein." (KuJ 1, 126.) „Der neue Repetent Wüterich ist sehr, sehr freundlich. Wir haben einen vorzüglichen Lehrer verloren und einen liebreichen dafür bekommen." (KuJ 1, 131.)

Schußwaffe: in der ersten Fassung „Schießwaffe". Am 20. Juni 1892, also drei Monate nach seiner Entlassung aus Maulbronn, unternahm Hermann Hesse einen Selbstmordversuch. Vgl. dazu KuJ 1, 220: „Verehrter Herr Brodersen! Das Geld borgte ich von Ihnen zur Anschaffung eines Revolvers; seit einigen Tagen bin ich entschlossen, mich zu erschießen. Sie werden mich wohl nimmer sehen. Schicken Sie den Brief an meine Eltern! H."
Ach, ich bin so müde: Verfasserfrage ungeklärt.
Großjohann, genannt Garibaldi: Schorsch Großjohann, Hauptgestalt der 1904 geschriebenen Erzählung Hesses „Garibaldi" (GE 1, 256–268).
Das Giebenrathsche Haus: Siehe Erläuterung zu Kapitel 1.
Gerbergasse: Hesse nennt Calw andernorts Gerbersau. Mit Gerbergasse bezeichnet Hesse die Bischofstraße.
der drollige Putzpulverhändler Hottehotte: Hauptgestalt der Erzählung Hesses „Eine Gestalt aus der Kinderzeit" (u. d. T. „Der Hausierer" in GE 1, 7–11). Diese Erzählung, 1901 entstanden, wurde 1911 und 1934 überarbeitet. „Im Hotte Hotte habe ich ein einziges Mal im Leben eine wirkliche Calwer Erinnerung mit wirklichen Namen genannt. . . Alle meine anderen Geschichten, soweit sie überhaupt mit Calwer Erinnerungen etwas zu tun haben, spielen **nie** in Calw, sondern in Gerbersau oder einem anderen erfundenen und poetischen Ort, und Reichert täuscht sich sehr, wenn er meint, die Figuren meines Gerbersau seien Nachbildungen von Wirklichkeiten, und er könne die Originale zu meinen Zeichnungen nachweisen und meine Fehler im Nachzeichnen aufzeigen." (Brief an Ernst Rheinwald vom Dezember 1930. Abschrift in der Hesse-Sammlung des Deutschen Literaturarchivs Marbach a. N. Teilveröffentlichung in Joseph Mileck, Hermann Hesse, Biography and Bibliography. 2 Bände. Berkeley: University of California Press 1977, S. 281.)
der Scherenschleifer Adam Hittel: eine fiktive Figur Hesses.
Lotte Frohmüller: eine fiktive Figur Hesses.
Unschlittkerze: Talgkerze.
Dolf und Emil Finkenbein: fiktive Figuren Hesses.
Hermann Rechtenheil: Er ist der lahme Knabe der Dichtung Hesses in Hexametern „Der lahme Knabe" (entstanden im November 1935.

Neuausgabe 1977 in der „Insel-Bücherei" Nr. 999.).
Briefträger Rötteler: eine fiktive Figur Hesses.
Mechaniker Porsch: eine fiktive Figur Hesses.
Schlosser Brendle: eine fiktive Figur Hesses.
aus der hellen, breiten Gerbergasse in den finstern, feuchten „Falken": Vgl. dazu das erste Kapitel „Zwei Welten" von Hesses „Demian. Die Geschichte von Emil Sinclairs Jugend": „Die eine Welt war das Vaterhaus. . ." und „Die andere Welt indessen begann schon mitten in unserem eigenen Hause und war völlig anders. . ." (GW 5, 9.).
die Geschichte vom Sankt Christoffel: Christophorus, Heiliger, nach der Legende ein Riese, der das Christuskind durch den Strom trug und von ihm getauft wurde.

6.
Grimmen: Bauchweh
Anno Duback: (umgangssprachlich für) in alter Zeit.
Goßners Schatzkästlein: Johannes Goßner (1773–1858), bis 1819 katholischer, seit 1829 in Berlin evangelischer Geistlicher.
Emma: eine fiktive Figur Hesses.
Mechaniker Schuler: eine fiktive Figur Hesses. Hesse selbst war Praktikant in der Calwer Turmuhrenfabrik des Heinrich Perrot.
Sedansfest: zur Erinnerung an die Schlacht und Kapitulation, bei der sich eine französische Armee unter MacMahon und der französische Kaiser Napoleon III. am 2. September 1870 ergaben.

7.
Landexamensschlosser: Hermann Hesse muß gleich Giebenrath manchen Spott als Landexamensschlosser ertragen. „Vor den Augen kleinstädtischer Neugier und Schadenfreude ist aus dem ehemals so vielversprechenden Lateinschüler, dem Absolventen des Landexamens, einer kleinen Lokalberühmtheit also, am Ende ein trauriger, blasser, geistig anscheinend versimpelter Lehrbube im blauen Schlosseranzug geworden, warnendes Beispiel dafür, daß Hochmut vor dem Fall kommt und daß die Bäume nicht in den Himmel wachsen und daß das Studieren überhaupt von Übel ist." (Stolte S. 21) – Böttger überschreibt ein Kapitel seiner Hesse-

Biographie „Der Landexamensschlosser" (Böttger S. 57–61.).
Bielach: fiktiver Ort; möglicherweise Assoziation zu Bulach (südl. von Calw).
Morgen muß ich fort von hier: Volkslied, bekannt in der Vertonung von Friedrich Silcher (1789–1860).
O du lieber Augustin: Volkslied. (Hier nur der Kehrreim.)
Meerrohr: (veraltet für) spanisches Rohr, eigentlich Spazierstock; die Rute.

Hauptprobleme

1. Die Qualität des Eigenständigen

„Peter Camenzind" und „Unterm Rad" sind beide großen Frühwerke Hesses. Daß sie damals, gleich nach ihrem Erscheinen, miteinander verglichen wurden, ist verständlich: „Künstlerisch ist das Buch („Unterm Rad") weniger reif und rund als der Camenzind. . .; aber an seinen besten Stellen reicht es an diesen heran", schrieb Wilhelm Hegeler in der Zeitschrift „Das literarische Echo" vom 15. 11. 1905. Anders setzte Theodor Heuss die Akzente: „Nach lyrisch-romantischen Versuchen. . . hat dieser Dichter über den Peter Camenzind einen ruhigen und gehaltenen epischen Stil gefunden", resümierte er in der Zeitschrift „Die Hilfe" (1, 1905, 50, S. 11). Derartige Vergleiche wurden bis in die Gegenwart hinein angestellt: „Als Kunstwerk steht 'Unterm Rad' hinter 'Peter Camenzind' zurück. Feine Risse und Sprünge gehen durch das Werk, das ein Anklage- und Schlüsselroman werden wollte, ebenso aber auch ein tendenzfreier Entwicklungsroman wie der Camenzind, mit dem es nah verwandt ist in seinen schönen, lyrisch gestimmten Naturschilderungen", heißt es in der Hesse-Biographie von Gotthilf Hafner (Hermann Hesse. Werk und Leben. Nürnberg: Hans Carl [3] 1970. S. 66 f.).
Aber auch den Abhängigkeiten Hesses von Zeitgenossen oder Vorgängern auf die Spur zu kommen wurde versucht. Der Inhalt von „Unterm Rad" „deckt sich in den Hauptlinien ziemlich genau mit seines Landesmannes Emil Strauß 'Freund Hein'; es handelt sich beide Male um die Katastrophe eines Schuljungen, bei dem einen allerdings um ein kleines Genie, das am Schema zu Grunde geht, bei dem anderen um einen nur begabten Knaben, dessen Schicksal

gerade durch typische, jeden Tag der Wiederholung fähige Unfälle überzeugen soll. Hesse ist also polemischer oder, wenn man will, tendenziöser als Strauß, und er hat sich durch keine Bedenken künstlerischer Objektivität zurückhalten lassen, die Beweisführung der Tatsachen durch mehrere Seiten einer persönlichen und direkten Anklage der lebensgefährlichen Einrichtung der Schule zu unterbrechen", ist die Meinung von Arthur Eloesser in der „Vossischen Zeitung" vom 18. 3. 1906.

Eine andere Linie verfolgt Kurt Böttcher, indem er auf motivische Parallelen zu Gottfried Keller verweist: „Hesses Schilderung von Hans Giebenraths zweiter Kinderzeit im 'Falken', wo er sich früherer Erlebnisse erinnert, findet sich ähnlich, doch in anderer kompositorischer Funktion, in den Kapiteln 'Frau Margret und ihre Leute und die Leserfamilie' und 'Lügenzeit' aus dem 'Grünen Heinrich'; und die Schilderung des fidelen Sonntags in Bielach scheint dem Kapitel 'Das Fastnachtsspiel' aus Kellers großem Entwicklungsroman verwandt zu sein. Ob solche Übernahmen oder Anlehnungen ein bewußter Vorgang sind oder ob sie aus einer unbewußten Assoziation entstehen, ist nachträglich nicht immer festzustellen. . ." (Hermann Hesse. Hilfsmaterial für den Literaturunterricht. Berlin: Volk und Wissen volkseigener Verlag 1956. S. 29.)

2. Das Leiden an der Schule

Das Problem der Erziehung, der Bildung und des Unterrichts hat Hesse von seinem frühen Schaffen an bis in sein hohes Alter hinein immer wieder gefesselt. Schon im Lauscher-Buch hat in Hesses Erinnerung die Schule die „Schwüle einer Zwangsanstalt"; in der Erzählung „Kinderseele" schreibt er vom „Zwang dieser blöden, stinkenden Schule", und im „Steppenwolf" erzählt er, daß Harry Haller „von liebevollen, aber strengen und sehr frommen Eltern und Lehrern in jenem Sinne erzogen wurde, der das 'Brechen des Willens' zur Grundlage der Erziehung macht".

Zwar weiß er, „Lehrern passiert es beim besten Willen immer wieder, daß etwas nicht stimmt, und eine Unerechtigkeit ist bald angrichtet", und es fehlt auch nicht an einigen versöhnlichen Darstellungen der Schule und der Lehrer, doch die bitteren Jugenderfahrungen und -erlebnisse blieben in ihm mit eindrucksvoller Deutlichkeit lebendig.

Da schreibt er in der „Kindheit des Zauberers", wie er in den ersten Schuljahren die Erfahrung macht, „daß Vertrauen und Aufrichtigkeit uns zu Schaden bringen kann", wie er „unter einigen gleichgültigen Lehrern das Notwendigste im Lügen und Sicherverstellen" lernt und schließlich einsehen muß, daß einer, der „gegen eine dumme Gewohnheit oder Mode" protestiert, „weder verehrt noch. . . zum Vorbild empfohlen, sondern bestraft, verhöhnt und von der feigen Übermacht der Lehrer erdrückt" wird. Hesse fordert andere Erzieher. „Lehrer brauchen wir nötiger als alles andre", heißt es im „Glasperlenspiel", „Männer, die der Jugend die Fähigkeit des Messens und Urteilens beibringen und ihr Vorbilder sind . . ."
In einem Essay über Hermann Hesse aus dem Jahre 1907 veröffentlichte Alfred Kuhn einen Brief Hesses, aus dem dessen Absicht bei der Niederschrift von „Unterm Rad" deutlich hervorgeht: „Sie werden an meinem nächsten Buche sehen, daß ich gegen unsere heutige offizielle Art von Schule und Schulmeisterei schwere Anklagen auf dem Herzen habe, aber jeder Lehrer, der seinen Beruf innerlichst versteht und übt, ist in meinen Augen ein Held und Wohltäter" (Alfred Kuhn, Hermann Hesse. Ein Esseay. Leipzig: Verlag für Literatur, Kunst und Musik 1907. S. 50). Diese Thematik war auch das Anliegen anderer Autoren seiner Zeit: Frank Wedekind befaßte sich mit der Problematik des Kindes in „Frühlings Erwachen" (1891), Thomas Mann in der Gestaltung des kleinen Hanno in den „Buddenbrooks" (1901), Emil Strauß in dem bereits erwähnten Roman „Freund Hein" (1902), Rainer Maria Rilke in der Erzählung „Die Turnstunde" (1902), Heinrich Mann im „Professor Unrat" (1905), Robert Musil in den „Verwirrungen des Zöglings Törless" (1906), Friedrich Huch in „Mao" (1907) und Rainer Maria Rilke in „Malte Laurids Brigge" (1910).

3. Das Muttersymbol

Hugo Ball hat als erster und in unverkennbarer Deutlichkeit gezeigt, daß die Mutterproblematik von „Unterm Rad", „Roßhalde", „Demian" und – wie wir wissen – auch in „Narziß und Goldmund" und im „Glasperlenspiel" und das Muttersymbol im Maulbronner Konflikt Hesses ihren Ursprung haben: „Demian, Hesses Traum-Ich, von dem im Sinclair-Roman geflüstert wird, es lebe mit seiner Mutter im Inzest;

Demian, der die Abraxas-Mythologie vertritt, die gnostische Umsturzidee, ist der Verführer Sinclairs. Von Emil Sinclair aber heißt es im Roman, daß er mit Frau Eva, der Mutter Demians, ebenfalls in die innigste Beziehung tritt. Frau Eva ist die Mutter an und für sich, das Natursymbol der Mutter, die moderne Isis. . .
Hesses Seminaristenkonflikt aber ist die wahnwitzige, ihm damals kaum bewußte Liebe zum Symbol der Mutter in ihrer unbegrenzten Hingabe; zu derselben Mutter, die in der Erfahrungswelt ein so kühles, jenseitiges Tagebuch führt; die von ihrem elften bis zu ihrem fünfzehnten Jahr in der Pietistensiedlung Kornthal erzogen ist, von noch bestehenden Herrnhutischen Gemeinden, der strengsten vielleicht in ganz Deutschland. Die Mutter hat sich mit siebzehn Jahren 'bekehrt', das heißt Gott geweiht, und das ist bei ihr kein bloßes Wort. Ihr ganzes Leben ist ein Versuch, gleich ihrem Vater dem Vorbild der großen Missionsheiligen, einem Jeremias Flatt, einem Henry Martyn nachzueifern. Sie ist darum keineswegs eine Frömmlerin und ein Unmensch. Sie ist nicht grausam, glaubt es wenigstens nicht zu sein. Sie liebt ihre Kinder, singt und spielt mit ihnen. Aber ihr Heroismus ist so stark, daß er sich wider Willen ausprägt.
Sie hat unberührbare, unbetretbare Sphären ihrer Inbrunst, ihrer Glut. Sie liebt sehr die Poesie; sie dichtet selbst und rezitiert mit schöner, begeisterter Stimme Balladen. Sie liebt Eichendorff in seinem jenseits verankerten Wesen und ist eine Virtuosin im Erzählen. Sie liebt die Musik und hat die Stimme wie eine helle Glocke; doch sie liebt im Grunde nur Psalmen und Choräle. Eine warme Kälte strömt von ihr aus. Ihr französisches Calvinistenblut hat eine Leidenschaft für das Unbedingte, das Letzte und Höchste im Leben; eine Leidenschaft, die der Sohn mit ihr teilt. Ihre Ehe dient den Zwecken der Mission und der Verbreitung des Evangeliums. Ihre Liebe ist von Gott und für ihn; nicht von den Menschen und für Menschen. Sie liebt ihre Kinder, aber als Geschöpfe Gottes, und sie würde sich einen Skrupel und eine Selbstanklage daraus machen, diese ihre Kinder einem armen Waisenkinde vorzuziehen. Diese Mutter ist unzugänglich für jeden sinnlichen Impuls; für jede narzißtische Eigenliebe, die um sie werben könnte. Ja, jedes Anzeichen von Sinnentrieb und Unbeherrschtheit, von unbewachter Regung und gar von Exzeß wird

sie verletzen, wird sie tiefer in ihre andere Welt entrücken; wird Kälte und Befremdung zur Folge haben." (Hugo Ball. st 385. S. 55 f.)

4. Das Ende Giebenraths

Nur noch in den Besprechungen des „Glasperlenspiels" finden sich derart kontroverse Aussagen über das Ende des Protagonisten. Vielen Lesern scheint es nicht genügt zu haben, daß Hans Giebenraths Leben im Fluß auslöscht; sie wollen es, zumindest für sich, genauer wissen. „Hesse läßt es zwar im unklaren, wie der Junge in seinem Rausche in den Fluß geraten ist, aber alles deutet darauf hin, daß er in dem Augenblick, wo der Ekel über die Trunkenheit in dem Knaben erwacht ist, auch seinem Leben ein Ende gemacht hat. Aber diese Katastrophe ist meines Erachtens zu künstlich und deswegen unkünstlerisch zu weit hinausgeschoben", heißt es in der Besprechung von Hermann Herz in den „Borromäus-Blättern", Bonn, vom März 1906. Und Adolf Schweckendiek schreibt in seinen neurosekundlichen Studien an Gestalten der Dichtung „Könnt ich Magie von meinem Pfad entfernen" (Berlin: Hans Lungwitz-Stiftung 1970. S. 80) über das Ende von Hans Giebenrath: „Unterwegs kommt er vom Wege ab und ertrinkt im Flusse... Es ist ein Unfalltod im Zustande der Trunkenheit."

Die Deutung des Todes wird hier freilich noch nicht, wie das später beim „Glasperlenspiel" geschieht, zum Kriterium für die Qualität der gesamten Dichtung. Georg Wallis Field hat zum Tode Giebenraths das Treffende gesagt: „Ob Hans am Ende in der Trunkenheit seinen Weg verfehlt und ertrinkt, oder ob er sich absichtlich das Leben nimmt, wird offengelassen. Wie der Leser den Tod deutet, bleibt aber unwichtig, weil das Leben des jungen Hans hoffnungslos geknickt und ohne Zukunft erscheint" (G. W. Field, Hermann Hesse. Kommentar zu sämtlichen Werken. Stuttgart: Hans-Dieter Heinz 1977. S. 79).

Hesse über „Unterm Rad"

„Unterm Rad" wird nächstes Jahr als Buch erscheinen, in Kleinigkeiten gemildert. Hoffentlich nimmst Du an den paar salzigen Stellen nicht zu sehr Anstoß. Die Schule ist die einzige moderne Kulturfrage, die ich ernst nehme und die mich gelegentlich aufregt. An mir hat die Schule viel kaputtgemacht, und ich kenne wenig bedeutendere Persönlichkeiten, denen es nicht ähnlich ging. Gelernt habe ich dort nur Latein und Lügen, denn ungelogen kam man in Calw und im Gymnasium nicht durch – wie unser Hans beweist, den sie ja in Calw, weil er ehrlich war, fast umbrachten. Der ist auch, seit sie ihm in der Schule das Rückgrat gebrochen haben, immer, unterm Rad geblieben.

Na, nichts mehr davon, ich meine es nicht bös.

(Aus: Hermann Hesse, Brief an Karl Isenberg vom 25. 11. 1904. GB 1, 130.)

... Es ist mir manchmal ein sympathischer Gedanke, daß inmitten des zerrütteten Deutschland und Europa da und dort solche Zellen des Aufbaus bestehen wie die Klosterschulen. . .

(Aus: Hermann Hesse, Brief an Ephorus D. Fausel, etwa 1946. In: Hermann Hesse. Werk und Persönlichkeit. Sonderausstellung zum 80. Geburtstag des Dichters im Schiller-Nationalmuseum, Marbach a. N. Stuttgart 1957. S. 11.)

In der Geschichte und Gestalt des kleinen Hans Giebenrath, zu dem als Mit- und Gegenspieler sein Freund Heilner gehört, wollte ich die Krise jener Entwicklungsjahre darstellen und mich von der Erinnerung an sie befreien, und um bei diesem Versuche das, was mir an Überlegenheit und Reife fehlte, zu ersetzen, spielte ich ein wenig den Ankläger und Kritiker jenen Mächten gegenüber, denen Giebenrath erliegt und denen einst ich selber beinahe erlegen wäre: der Schule, der Theologie, der Tradition und Autorität.

Wie gesagt, es war ein verfrühtes Unternehmen, auf das ich mich mit meinem Schülerroman einließ, und es ist denn auch nur sehr teilweise geglückt. So hatte ich, als später das einst viel umstrittene Buch in Vergessenheit geriet – es ist seit sehr vielen Jahren aus dem Buchhandel verschwunden –, wenig dagegen, daß mein kleiner Schulroman der Kritik und mir selbst sachte aus den Augen geraten war, und ließ es gern dabei bewenden.

Aber, ob geglückt oder nicht, das Buch enthielt doch ein Stück wirklich erlebten und erlittenen Lebens, und solch ein lebendiger Kern vermag zuweilen nach erstaunlich langer Zeit und unter völlig anderen, neuen Umständen wieder wirksam zu werden und etwas von seinen Energien auszustrahlen. das habe ich nun. . . überraschend erlebt. „Unterm Rad" war kürzlich ins Japanische übersetzt worden. und nun traf ein schöner und rührender Brief von einem jungen Leser ein, ein etwas überschwenglicher Jünglingsbrief, in ziemlich gutem Deutsch abgefaßt, und erzählte mir, daß der verschollene schwäbische Hans Giebenrath drüben in Japan wieder einem jungen Menschen zum Kameraden und Tröster geworden sei. Ich lasse die schmeichelnden und überschwenglichen Sätze weg, dann lautet der Brief wie folgt:

„Ich bin ein Gymnasiast in Tokyo.

Ihr Werk, das ich als erstes gelesen habe, ist der Roman 'Unterm Rad'. Vor einem Jahr habe ich ihn gelesen. Ich dachte damals sehr ernst an die Einsamkeit, und ich war wie Hans Giebenrath in einem verwirrten Seelenzustand. Ich hatte dasjenige Werk aus vielen gesucht, das meinem Seelenzustand entsprechen würde. Es war nicht zu beschreiben, wie groß meine Freude war, als ich Ihre junge Gestalt in jenem Roman fand. Ich denke, daß Sie niemand verstehen würde, solange er kein gleiches Erlebnis hatte.

Seit jener Zeit lese ich weiter Ihre Werke. Je mehr ich sie lese, desto tiefer finde ich mich selbst in ihnen. Nun glaube ich fest, daß derjenige, der mich am besten versteht, in der Schweiz ist und mich immer ansieht.

Bitte schützen Sie sich und bleiben Sie gesund."

Was ich. . . als Roman zu objektivieren versucht hatte, es war nicht gestorben und untergegangen, es hatte ein halbes Jahrhundert später, noch durch die Übersetzung ins Japanische hindurch, zu einem auf dem Weg zu sich selbst kämpfenden und gefährdeten jungen Menschen gesprochen und ihm ein Stück dieses Weges erhellt.

(Aus: Hermann Hesse, Begegnungen mit Vergangenem. 1953. GW 10, 352 ff.)

Kontroverse Interpretationen

1.

Die eigentliche und letzte Ursache des frühen Zusammenbruchs

bildet die leibliche und seelische Disposition des Knaben, vermöge deren er von vornherein den Anforderungen des Landexamensdrills nicht gewachsen war, weiter der völlige Mangel mütterlicher Pflege und Fürsorge, infolgedessen seiner Jugend der Sonnenschein verständnisvoller Liebe fehlte, und der Knabe in allen tieferen Anliegen auf sich selbst angewiesen war, da der biedere, aber verständnislose Vater ihm geistig und gemütlich nicht viel sein konnte. Die eigentümliche Gemütsanlage nicht erkannt und ihr nicht Rechnung getragen zu haben, das ist die Schuld, die an dem Verhängnis, dem der Knabe erlag, die Nächstverantwortlichen, den Vater, und, weil dieser als nicht in vollem Umfang urteilsfähig nicht zu rechnen ist, seine Erzieher, die Lehrer an der heimatlichen Schule und an dem Seminar, trifft.
(Heinrich Adolf Köstlin in „Monatsschrift für Pastoraltheologie", Berlin. 2, 1905, 5, S. 305 ff.)

2.
Was an Grimm über einen tölpligen Vater und schlechte Lehrer doch an den Leser kam, das verfliegt, wenn in der wundervollen Herbst-Kelterzeit auch diesem armen Körper ein Teil von Gottes Reichtum gespendet wird. Nicht einer, der vom Leben zerstört, sondern einer, der von ihm aufgesogen wird; so geht Hans Giebenrath von uns. Und noch lange, wenn wir längst erfuhren, wie seine Leiche im nächtlichen Wasser still abwärts treibt, ist ein Gefühl in uns von einer schönen Landschaft und einem bunten Leben darin; und es will uns fast wenig verschlagen, daß darin einer unter die Räder kam. Und erst ganz zuletzt merken wir: diese Landschaft und dieses Leben scheinen nur so schön, weil wir unmerklich mit den Augen eines Jünglings hineinsahen, dem eine törichte Pädagogik verwehrte, darin zu wachsen und zu blühen, und der es sterbend um so inniger aufnahm.
(Wilhelm Schäfer in „Die Rheinlande", Düsseldorf. 5, 1905, 11, S. 439.)

3.
Hans Giebenrath, ein kluger und pflichteifriger, aber sehr zarter Junge, wird das Opfer dieses Systems, hinter dem treibend,

anfeuernd und lebenertötend ein verständnisloser Ehrgeiz des kleinbürgerlichen Vaters und robuster Philologenseelen steht: Der schwache Körper und die menschensuchende Seele brechen zusammen unter der Last, die solches Leben auf sich häufig. Ein Tendenzwerk? Ja, dort, wo es mit warmen Worten das Recht der Jugend auf eine Jugend verlangt.
(Theodor Heuss in „Die Hilfe", Berlin. 1, 1905, 50, S. 11 f.)

4.

Unterm Rad nennt Hermann Hesse seine neue Geschichte und hat darin schildern wollen, wie ein fein und edel begabter Knabe von den Rädern der großen Geisteszurichtungsmaschine, die sich Schule nennt, zerbrochen und zermahlen wird, wie vernunftlose und unbarmherzige Lehrer ihn vor der Zeit dem glücklichen Kindheitsschlummer entreißen, seiner zarten und unfertigen Seele den Ehrgeiz des Mannes einimpfen und seinem nach der bunten Fülle der Natur verlangenden Geist Wissenschaft, nichts als Wissenschaft als Nahrung vorsetzen, bis das arme Pflänzchen dahinsicht, wurzellos, kraftlos, und schließlich dahinsinkt in den Tod. Das hat er schildern wollen als scharfer Ankläger, als Ironiker und Tendenzler, der rücksichtslos mit dem Finger hindeutet auf bestimmten Schäden, schlechte Institutionen und einem ganzen Stande zornige Worte der Entrüstung zuwirft. Doch selten habe ich gelindere Ironie und laueren Spott gelesen und eine Tendenz, die sich so sehr selbst ein Schnippchen schlägt. Seltsam, aber rührend und anheimelnd zugleich ist es, zu sehen, ein wie schlechter Tendenzschriftsteller Hesse ist und wie er es darum ist, weil er ein so guter und reiner Dichter ist.
(Wilhelm Hegeler in „Das literarische Echo", Berlin, Leipzig. 8, 1905, 4, Sp. 294 f.)

5.

Der Roman. . . enthält viele Schönheiten: so die Calwer Apfelernte und Mostkelterei, ein liebliches Dionysosfest; und so die kleinstädtische Handwerksromantik vom Schluß des Buches mit ihrem Reutlinger Volksbüchermilieu. Als literarische Leistung aber ist das Buch nicht typisch.
(Hugo Ball, Hermann Hesse. st 385. S. 44.)

sischer Romane" erscheint „Knulp" im Mai. Er erreicht in dieser Reihe 1925 das 112. Tausend.

1922

„Knulp" mit 16 Steinzeichnungen von Karl Walser erscheint im S. Fischer Verlag in einer Auflage von 360 Exemplaren.

schreibt mit Ressentiment, und seine Darstellung verrät oft allzusehr die Leidenschaft dessen, der machtlos Mißhandlungen ausgesetzt war und nun zur Abrechnung schreitet. Die Gabe sachlich wertenden Rückschauens verläßt ihn hier... Es ist Hesse in diesem Buche nicht gelungen, eine reine künstlerische Atmosphäre zu schaffen; Erbitterung soll den Witz, Ironie den Humor ersetzen.

Als Gesamtheit ist der Roman schwächlich und gleicht eher einer zu groß geratenen Novelle. Die Behauptung Hugo Balls ist nicht richtig, daß „Unterm Rad" keine typische Leistung Hesses sei – eine große Leistung ist dieser Roman nicht, aber typisch ist er gleichwohl.

(Hans Rudolf Schmid, Hermann Hesse. Frauenfeld, Leipzig: Huber 1928. S 75 f.)

6.
„Unterm Rad" ist ein typischer Schulroman und entbehrt durchaus nicht der Tendenz, die Autorität der Schule zu zerstören. Aber Hesse zeigt nicht etwa neue Wege; er will nur an den Pranger stellen. Er

KNULP

Entstehung und Verbreitung

„Wenn begabte und beseelte Menschen wie Knulp keinen Platz in ihrer Umwelt finden, so ist die Umwelt ebenso mitschuldig wie Knulp selbst, und wenn es irgend etwas gibt, was ich den Lesern raten möchte, so ist es dies: die Menschen zu lieben, auch die schwachen, auch die Nichtnützlichen, nicht aber sie zu richten."
(Brief an eine Leserin, 23. 2. 1935)

1907
1907 bis 1914 entstehen die „Drei Geschichten aus dem Lebens Knulps" in Gaienhofen und Bern. Die in Hesses Nachlaß gefundenen drei Vorstudien zum Leben Knulps – „Peter Bastians Jugend" (1902), „Brief an Herrn Kilian Schwenkschedel" (1902/1903) und „Aufzeichnung eines Sattlergesellen" (1904) – wurden unter dem Titel „Geschichten um Quorm" 1965 von Ninon Hesse im Band „Prosa aus dem Nachlaß" veröffentlicht. Eine andere Fassung von „Knulps Ende" befindet sich im Nachlaß des mit Hesse befreundeten Dichters Carl Seelig (in der Zentralbibliothek Zürich).
1908
„Meine Erinnerung an Knulp" erscheint in der „Neuen Rundschau".
1913
„Vorfrühling" erscheint in der Cotta'schen Monatsschrift „Der Greif" (Stuttgart). 1915 erscheint diese Erzählung in der „Berner Woche in Wort und Bild".
1914
„Das Ende" erscheint in der „Deutschen Rundschau".
1915
Als 10. Band der 6. Reihe von „S. Fischers Bibliothek zeitgenös-

Bitte, senden Sie an die untenstehende Adresse laufend kostenlos Prospekte und Kataloge über Bücher aus dem Verlag C. Bange, Hollfeld

Banges Unterrichtshilfen - Banges Lernhilfen

☐ Deutsch ☐ Latein

☐ Englisch ☐ Mathematik

☐ Französisch ☐ ____________________

Herr/Frau, Fräulein

Name ____________________ Vorname ____________________

Beruf ____________________ Alter ____________________

Straße ____________________

Wohnort (   ) ____________________

1926
„Knulp" wird im 120. Tausend in die blaue Leinenausgabe der „Gesammelten Werke in Einzelausgaben" aufgenommen und erreicht bis 1943 das 147. Tausend.

1949
„Knulp" erscheint im Suhrkamp Verlag Berlin und Frankfurt am Main. 1961 erscheint „Knulp" in dieser Ausgabe im 201. Tausend vorerst zum letzten Mal. Weitere Ausgaben dieser Dichtung bringt Suhrkamp 1952 (Gesammelte Dichtungen), 1962 (Bibliothek Suhrkamp), 1970 (Gesammelte Werke), 1976 (Bibliothek Suhrkamp. Mit 16 Steinzeichnungen von Karl Walser), 1977 (Jubiläumsausgabe). Lizenzausgaben erfolgen 1932 (Oxford University Press, New York), 1944 (Fretz & Wasmuth, Zürich. Mit 16 Zeichnungen von Niklaus Stoecklin), 1945 (Büchergilde Gutenberg, Zürich. Mit 16 Zeichnungen von Niklaus Stoecklin; außerdem YMCA, Paris), 1946 (Fretz & Wasmuth, Zürich, und H. Fel. Kraus, Tenafly, N. J.), 1949 (Rainer Wunderlich Verlag Hermann Leins, Tübingen und Stuttgart), 1952 (Libr. Hachette, Paris), 1965 (Aufbau-Verlag, Berlin und Weimar), 1967 (Gute Schriften, Basel. Mit Zeichnungen von Fritz Ryser), 1970 (Aufbau-Verlag, Berlin und Weimar), 1972 (P. Haase & Søns, København), 1973 (Das Beste, Stuttgart, Zürich, Wien, und Europäische Bildungsgemeinschaft, Stuttagrt), 1974 (Aufbau-Verlag, Berlin und Weimar).

Übersetzungen (ohne Neuauflagen und Lizenzausgaben)
1925 französisch
1930 dänisch
1938 japanisch
1950 italienisch, japanisch
1952 japanisch
1953 japanisch
1954 türkisch, koreanisch
1957 japanisch (zweimal), spanisch
1958 spanisch, tschechisch
1959 koreanisch
1963 spanisch

1964 serbokroatisch
1965 koreanisch
1967 italienisch, rumänisch
1968 koreanisch (zweimal)
1970 portugiesisch
1971 englisch, persisch, schwedisch
1972 chinesisch (zweimal), französisch, niederländisch
1975 makedonisch

Inhaltsangabe

Vorfrühling: Nach seiner Entlassung aus dem Spital kommt Knulp, ein stillvergnügter und sorgloser Landstreicher, auf seiner Wanderschaft im Vorfrühling zu seinem alten Freund, dem Weißgerber Emil Rothfuß in Lächstetten. Die Frau des Weißgerbers kümmert sich weit mehr um ihn, als ihm lieb ist. Knulp hingegen befreundet sich mit der jungen Magd Barbara Flick. Aber auch vor ihr nimmt er bald Abschied.

Meine Erinnerung an Knulp: Ein Wanderbursche berichtet über Knulp. Er ist mit ihm einen Sommer lang gewandert, hat mit ihm geplaudert und philosophiert. Über Nacht ist Knulp plötzlich wieder verschwunden.

Das Ende: Es ist Oktober. Das lange Wanderleben hat Knulp gezeichnet. Müde schleppt sich der Vierzigjährige auf der Landstraße dahin. Ein Jugendfreund, der Arzt Dr. Machold, findet ihn und nimmt ihn mit in sein Haus nach Bulach. Hier legt Knulp die Beichte seines Lebens ab: die Enttäuschung seiner Liebe zu der zwei Jahre älteren Franziska und der schlechte Einfluß von deren Bruder haben ihn aus der Bahn geworfen. Das Böse hat nicht Gewalt über ihn gewonnen, hat ihn aber in die Vereinsamung geführt. Der Winter rückt näher, Knulp wird immer leidender. Er soll in seine Heimat, ins Spital nach Gerbersau. Aber er entzieht sich dem Spital. Auf der Landstraße schläft er nach der Versöhnung mit Gott ruhig im Schnee für immer ein.

Erläuterungen

Vorfrühling

Karl Eberhard Knulp: eine fiktive Figur Hesses. Mark Boulby sieht in dieser Gestalt einen Vorläufer des Altmusikmeisters im „Glasperlenspiel": "There is yet more intriguing matter in **Knulp,** besides this early incarnation of Castalia's Old Music Master; Knulp is not only the wanderer, he is the budding saint" (Mark Boulby, Hermann Hesse. His Mind and Art. Ithaca, New York: Cornell University Press 1967. S. 78).

Emil Rothfuß: eine fiktive Figur Hesses. , Weißgerber

Lächstetten: fiktiver Ort.

Es sitzt ein müder Wandrer . . . : Diese Verse, „die einst ein Jugendfreund von mir gemacht hat" (Hermann Hesse, Postkarte an Martin Pfeifer. Poststempel: Stuttgart, 30. 5. 49), stammen von Martin Lang (1883-1955).

Gib uns heute unser täglich Brot: Aus dem „Unser Vater" (in der Bergpredigt); Matth. 6, 11.

Eleonora Duse: italienische Schauspielerin (1859-1924), eine der größten Menschendarstellerinnen ihrer Zeit.

Stabelle: (schweizerisch für) hölzerner Stuhl, Schemel.

In einem kühlen Grunde. . . : Gedicht von Joseph von Eichendorff (1788-1857), bekannt in der Vertonung von Johann Ludwig Friedrich Glück (1793-1840).

Achthausen: fiktiver Ort.

Andres Flick: eine fiktive Figur Hesses.

Barbara Flick: eine fiktive Figur Hesses.

Schlotterbeck: eine fiktive Figur Hesses. Ein August Schlotterbeck, „der einzige Sohn des Weißgerbers Schlotterbeck an der Badwiese", ist der Held der 1909 geschriebenen Erzählung Hesses „Die Heimkehr".

Der Herr läßt regnen über Gerechte und Ungerechte: nach Matth. 5, 45.

Des Herrn Wege sind wunderbar: Ps. 25, 10: Die Wege des Herrn sind eitel Güte und Wahrheit denen, die seinen Bund und seine Zeugnisse halten.

Lateinschulen: im ausgehenden Mittelalter von den Städten gegründete Kloster-, Dom- und Stadtschulen, Vorläufer der höheren Schulen.

Ruth, übers Feld: Ruth 2, 3.

wie der Heiland sich zu den kleinen Kindern setzt: Matth. 19, 13-15.

Leu: (dichterisch für) Löwe.

Gertelfingen: fiktiver Ort.

Du meinst, ich werd dich nehmen: Verfasserfrage ungeklärt; nach Mileck (Joseph Mileck: Hermann Hesse. Biography and Bibliography. Berkeley, Los Angeles, London: University of California Press 1977. 2 Bände. XXXII, 1402 S.; S. 634) "part of Studentenlied".

Bald gras' ich am Neckar . . . : Volkslied, mit der Überschrift „Rheinischer Bundesring" in „Des Knaben Wunderhorn" (1806).

Meine Erinnerung an Knulp

Weil ich früh gestorben bin: Diese Verse stammen – auch nach Ansicht der Hesse-Bibliographen Mileck und Waibler – von Hermann Hesse.

Feuerwerk: Vgl. dazu „Feuerwerk" (1930), zuerst im „Berliner Tageblatt" Nr. 388 vom 19. 8. 1930, später andernorts auch mit anderen Überschriften abgedruckt; Neudruck in „Die Kunst des Müßiggangs" (1973). Vgl. auch „Notizen aus diesen Sommertagen" (1948), zuerst in der „National-Zeitung", Basel, Nr. 362 vom 8. 8. 1948, später in veränderter Fassung andernorts unter der Überschrift „Zwei August-Erlebnisse" abgedruckt; Neudruck der veränd. Fassung in „Kleine Freuden" (1977).

Tolstoi: Leo Nikolajewitsch Tolstoi (1828-1910), russischer Schriftsteller. Hesse hat einige deutsche Ausgaben Tolstois besprochen; vgl. GW 12, 345 ff.

Nun hab' ich getragen den roten Rock: Letzte Strophe des Volkslieds „Es war einmal ein treuer (braver) Husar", das eine Umdichtung des von Arnim und Brentano überlieferten Liedes „Es war einmal ein junger Knab" („Die gute Sieben") ist.

Henriette: eine fiktive Figur Hesses.
Lisabeth: eine fiktive Figur Hesses.
Hell und sonntagsangetan: Diese Verse stammen von Hesse.
Einsamkeit: Vgl. dazu das Gedicht „Im Nebel" („Seltsam, im Nebel zu wandern!"), das 1905 entstanden ist.

Das Ende

Bulach: Ort südlich von Calw.
Machold: eine fiktive Figur Hesses.
Berchtoldsegg: fiktiver Ort.
Präzeptor Plocher: eine fiktive Figur Hesses.
Gerbersau: Hesses „Seldwyla", eine so liebevolle wie freie Darstellung seiner Heimatstadt Calw. Hesses Schulkameraden Ernst Rheinwald und Otto Hartmann gaben 1949 im Rainer Wunderlich Verlag Hermann Leins, Tübingen und Stuttgart, zwei Bände mit frühen Erzählungen Hesses unter dem Titel „Gerbersau" heraus. Im „Geleitwort" Hesses heißt es: „Je mehr das Alter mich einspinnt, je unwahrscheinlicher es wird, daß ich die Heimat der Kinder- und Jünglingsjahre noch einmal wiedersehe, desto fester bewahren die Bilder, die ich von Calw und von Schwaben in mir trage, ihre Gültigkeit und Frische. Wenn ich als Dichter vom Wald oder vom Fluß, vom Wiesental, vom Kastanienschatten oder Tannenduft spreche, so ist es der Wald um Calw, ist es die Calwer Nagold, sind es die Tannenwälder und die Kastanien von Calw, die gemeint sind, und auch Marktplatz, Brücke und Kapelle, Bischofstraße und Ledergasse, Brühl und Hirsauer Wiesenweg sind überall in meinen Büchern, auch in denen, die nicht ausdrücklich sich schwäbisch geben, wiederzuerkennen . . ." (S. 8). Gotthilf Hafner bemerkt zu diesen Sammelbänden, daß darin die Novelle „Hans Amstein" und die Erzählung „Freunde" fehlen. (Gotthilf Hafner, Hermann Hesse. A.a.O. S. 30 f.).
Haushälterin Lina: eine fiktive Figur Hesses.
Altan: (eigentlich maskulin) Balkon.
Haasis: eine fiktive Figur Hesses, sie erinnert an den Musiklehrer Haasis im Maulbronner Seminar, den Hesse auch in Turnen und

Zeichnen hatte. Als Musiklehrer Haas ist er eine Figur in „Unterm Rad".
Franziska: eine fiktive Figur Hesses.
item (veraltet für) ferner.
Oberstetten: fiktiver Ort, obwohl es tatsächlich Orte dieses Namens in dieser Gegend gibt: Oberstetten über Biberach (Riß) und Oberstetten über Münsingen. Wahrscheinlicher ist eine Anspielung auf die Heilanstalt Stetten im Remstal (siehe Kurzbiographie).
Die Blumen müssen: Diese Verse stammen von Hesse.
Haiterbach: Es gibt tatsächlich den Ort Haiterbach/ü. Nagold.
Nägelein: (hier) Nelke.
Andres Schaible: eine fiktive Figur Hesses. Hesse hatte mehrere Bekannte mit diesem Familiennamen. Eine persönliche Anspielung ist jedoch nicht feststellbar.
Bauerswil: fiktiver Ort.

*

„Dem Andenken Knulps" ist ein Gedicht Hesses gewidmet, das 1906 oder 1907 entstand:

Auf Wanderung

Sei nicht traurig, bald ist es Nacht,
Da sehn wir über dem bleichen Land
Den kühlen Mond, wie er heimlich lacht,
und ruhen Hand in Hand.

Sei nicht traurig, bald kommt die Zeit,
Da haben wir Ruh. Unsre Kreuzlein stehen
Am hellen Straßenrande zu zweit,
Und es regnet und schneit,
Und die Winde kommen und gehen.

„Ich wüßte nicht zu sagen, ob Goethens Lied von der Ruh über allen Wipfeln tiefer empfunden, ob es reiner gestaltet ist." (Ball S. 114.)
Hugo Ball

Hauptprobleme

1. Das Motiv vom Vagabunden

„In diesen Geschichten wird die Motivik aus 'Peter Camenzind' wieder aufgegriffen. War Camenzind ein Dichter, der die Welt durchwanderte, so ist Knulp ein wandernder Handwerksbursche, der auch dichtet. Seine Überlegenheit soll sich in der endgültigen Absage an alle Illusionen, an das Glück des Besitzes und bürgerlicher Häuslichkeit manifestieren. Für ihn gibt es keinen Rückzug mehr in irgendeine patriarchalische Idylle, sondern nur das freie Durchgehen auf dem eingeschlagenen Wege eines sonderlinghaften Vagabunden bis zum bitteren Ende." (Böttger S. 188 f.) Das Motiv vom Vagabunden steht, „abgesehen von seinem biographischen Zusammenhang im Schaffen Hesses, in weiteren geistesgeschichtlichen Beziehungen. In der Geschichte dieses Motivs fassen wir ein interessantes Stück Literaturgeschichte. Wanderschaft als Sinnbild und Ausdrucksform einer ganz bestimmten Lebensauffassung kennen wir in mannigfaltigen dichterischen Varianten. Goethe gestaltete es in seinem Wilhelm Meister, vor allem im zweiten Teil, dem Roman 'Wilhelm Meisters Wanderjahre', Tieck schrieb den für die Romantik so programmatischen Roman von 'Sternbalds Wanderungen', Eichendorff seine Novelle vom 'Taugenichts', und nachdem die Zeit des Realismus wenig Sinn für dieses Thema gehabt hatte, erschien es neuerdings vor allem wieder bei Maxim Gorki und Knut Hamsun, Waldemar Bonsels und Manfred Hausmann. Während nun Gorki und Hamsun das Motiv vom Vagabunden vor allem in einem sozialkritischen Sinne gestalteten, stand es bei den Romantikern vor allem als Ausdruck einer metaphysischen Sehnsucht nach der Fülle und Ganzheit des Lebens. Zu beidem ganz gegensätzlich verhält sich die Verwendung des Motivs von der Wanderschaft bei Goethe. Sein Wilhelm Meister wird Wanderer, Mitglied eines Bundes der Wanderer, um die große Lebenskunst der Resignation zu lernen. Die Entsagenden, so lautet der Untertitel des zweiten Meister-Romans. Seine Wanderschaft bedeutet vor allem Verzichten, Loslassen dessen, was der Seßhafte an egoistisch errafftem Besitz um sich anhäuft. Wilhelm

Meister lernt das Abschiednehmen vom Geliebten, das Freiwerden von persönlichen Wünschen und von den jugendlichen Träumen des Glücks, nicht nach Fülle und Erfüllung, nicht nach Glückseligkeit geht seine Wanderschaft wie der Sternbalds und des Taugenichts, sondern sie bedeutet Entsagung und damit die Kunst, sich nicht mehr selber als den Mittelpunkt der Welt zu fühlen, sondern sich, wie es heißt, zu einem Organ zu bilden, zu einem winzigen dienenden Teilchen am großen Ganzen jener Aufgaben der Humanität und der Zivilisation, die zu verwirklichen das Ziel des Bundes der Wanderer ist. Er wird auf seiner Wanderschaft zum Wundarzt und damit zum nützlichen Gliede der menschlichen Gesellschaft. Hesses Knulp ist demgegenüber ein Wandersmann von viel bescheidenerem Zuschnitt. Sein Vagabundentum führt nicht zu einem so respektablen bürgerlich-humanen Ziel wie bei Wilhelm Meister, nicht zu einem glücklichen Ende wie beim Taugenichts, nicht in die Fülle beglückender Traumfernen wie bei Sternbald, er ist auch nicht naturburschenhafter Lebensreformer und Zivilisationsverächter wie der Wandervogel der deutschen Jugendbewegung. Er ist nur ein armer kleiner Handwerksbursche, der nach abgeschlossener Lehrzeit und der langen Freiheit seiner Wanderjahre als Geselle den Anschluß ans nahr- und seßhafte bürgerliche Dasein nicht recht hat finden können und nun, aus Lebensschwäche und poetischer Träumerei, aus Verliebtheit ins wunderlich bunte Bilderbuch der Welt jahraus jahrein seine ziellose Wanderschaft fortsetzt, Zwiesprache hält mit den Bäumen und Blumen und Vögeln, Liebschaften und Freundschaften schließt, Abschied nimmt und Wiedersehen feiert, niemals aber zu den Verstrickten des Schicksals, zu den wahren und echten Teilhabern des menschlich-gesellschaftlichen Lebens gehört, immer nur gastweise unter den Leuten weilt als ein liebenswerter Taugenichts, aber dafür, daß er Außenseiter bleibt in allem Bürgerlichen und Nützlichen, erwächst ihm das innige, naive Verstehen der Natur, jener Blick ins Wesentliche, der recht eigentlich den Dichter macht. Knulp ist ein Dichter, freilich nicht einer, der in der gedruckten Literatur zu Ansehen kommt – er hat niemals etwas von seinen Versen und Liedern aufgeschrieben oder gar gedruckt –, sondern er ist ein Volkspoet, wenn man es so nennen will, an dem aber nicht minder, sondern eher noch deutlicher als bei seinen berühmten Literaturkollegen die eigentliche Unvereinbarkeit von Bürgerlichkeit und Künstlertum zutage tritt, an der Hermann Hesse sein Leben lang, insbesondere aber in seiner Gaienhofener Zeit, gelitten hat." (Stolte S. 94 ff.)

2. Das Problem der Selbstverwirklichung

„Erkenne dich selbst!" und „Werde, der du bist!", Forderungen, die in Hesses Werk häufig auftauchen, haben einen erkennbaren Ursprung in der Rechtfertigung Knulps durch Gott. Der bis dahin mit seinem Schicksal Hadernde erkennt, was in ihm lag und was zu tun ihm oblag. Gestaltet hat Hesse das in seinen Hauptwerken vom „Demian" bis zum „Glasperlenspiel". Programmatisch ausgeführt sind seine Gedanken vor allem in dem Essay „Eigensinn" (GW 10, 454-460) und in dem Brief „An einen jungen Künstler" (Hermann Hesse, Briefe an Freunde. Frankfurt a. M.: Suhrkamp 1977, S. 56-59).

Hesse über „Knulp"

Der Dichter stellt dar, was ihn anzieht, und Gestalten wie Knulp sind für mich sehr anziehend. Sie sind nicht „nützlich", aber sie tun sehr wenig Schaden, viel weniger als manche Nützliche, und sie zu richten ist nicht meine Sache. Vielmehr glaube ich: wenn begabte und beseelte Menschen wie Knulp keinen Platz in ihrer Umwelt finden, so ist die Umwelt ebenso mitschuldig wie Knulp selber.

(Aus: Hermann Hesse, Brief an eine Leserin in Stuttgart vom 23. Februar 1935. Ausgewählte Briefe. 1974. S. 138).

*

Gefreut hat mich auch, daß Du den Knulp wieder gelesen hast. Er gehört nämlich zu den paar wenigen meiner Sachen, die mir über alle Entwicklungen hinweg immer nah und lieb geblieben sind. Als ich, zusammen mit Bruno, einst mein Heimattal und Heimatstädtchen Calw nach vielen Jahren wiedersah, machte ich die mich überraschende Erfahrung: nicht die Gestalten meiner Eltern und Großeltern und auch nicht meine eigene Knabengestalt war es, die ich überall in den Gassen gehen sah oder doch gegenwärtig spürte, sondern es war Knulp. Und da erst wurde mir klar, daß für mich Knulp und die Heimat eins geworden seien. Lediglich der Schluß, mit dem Tod im Schnee, war mir zu Zeiten etwas zu sentimental und kitschig, aber mit der Zeit ist auch dieser Einwand eingeschlafen.

(Aus: Hermann Hesse, Brief an Ernst Morgenthaler vom Januar 1954. In: Siegfried Unseld, Hermann Hesse, eine Werkgeschichte. Frankfurt a. M.: Suhrkamp 1973. S. 44 u. 46).

Kontroverse Interpretationen

1.

Wer sich mit diesen lauteren Geschichten aus dem Leben Knulps befreunden kann, ehrt neben dem Meister beseelter, unverbildeter Erzählungskunst, Hermann Hesse – seinen eigenen wählerischen feinen Geschmack.

(Eduard Korrodi in „Neue Zürcher Zeitung" Nr. 910 v. 15. 7. 1915.)

2.

. . . im Grunde ist Knulp die Fleischwerdung der Hesseschen Sehnsucht, sich die Ungebundenheit des streifenden Fühlens zu wahren und sie doch mit der Gebundenheit einer schwäbischen Existenz zu versöhnen. Knulp kommt nicht über dieses Schwaben hinaus, und sogar das Braunschweigische ist für ihn schon die Fremde und das Beängstigende: er flieht zurück in den Bezirk, den er kennt und in dem er nun die Fiktion aufrechterhält, als durchstreife er die unbekannte Welt . . .

In diesem Jahr des Krieges muß man es sagen dürfen: das alte Schwaben, die Provinz mit allem ihrem Zauber ist tot: ich habe es auch im Elsaß empfunden, wer nicht mitgeht, ist verloren. Wo sind denn die schwäbischen Regimenter? Sie kämpfen auf der Linie Belfort-Antwerpen und Riga-Tschernowitz. So ist es auch

mit dem Geistigen, man muß in den Schützengräben des Lebens liegen, ob es nun moralisch oder unmoralisch sei, man muß Bastionen stürmen und Festungen an den Grenzen, nicht im engen Bezirk der überlieferten Heimat bauen.
Wenn man diesen Vorbehalt, den grundsätzlichen, der heute überall nötig ist, gemacht hat, dann kann man auch Hesse wieder gerecht lesen, mit Dank für seine schöne, reine Sprache und die Durchsichtigkeit seiner Güte.

(Otto Flake in „Die Neue Rundschau", Berlin, 26, 1915, 8, S. 1138.)

3.

. . . the work is perhaps best regarded as Hesse's last attempt to avoid his crisis, by taking the self-searching road of the future in the dress of the minstrel past. "Knulp" is, in the final analysis, a pleasantly written work of self-delusion and of regression into dreams, of romanticizing infantilism; perhaps it is not too unfair to point to the mouth organ as the central symbol of the book.

(Mark Boulby, Hermann Hesse. His Mind and Art. Ithaca, New York: Cornell University Press 1967. S. 78 f.)

. . . das Werk wird wohl am besten als Hesses letzter Versuch betrachtet, seine Krise dadurch zu vermeiden, daß er den zukünftigen Weg zu sich selbst im Gewande des einstigen Minnesängers einschlägt. „Knulp" ist letzten Endes ein gefällig geschriebenes Werk der Selbsttäuschung und des Rückzuges in die Träume, das Werk eines romantisierenden Infantilismus; vielleicht ist es nicht allzu unfair, auf die Mundharmonika als das zentrale Symbol des Buches hinzuweisen.

(Übersetzung von G. W. Field in: G. W. Field, Kommentar zu sämtlichen Werken. Stuttgart: Hans-Dieter Heinz 1977. S. 164.)

4.

„Knulp" steht am Ende von Hermann Hesses erster Schaffensperiode. Einmal noch durchwandert der Dichter mit seinem Helden, den er seinen Bruder nennt, die schönen alten Wege außerhalb der schrecklichen Wirklichkeit und jenseits der bösen Sprache des Tages, einmal noch beschwört er die sehnsüchtig gesuchte Erfüllung in der pantheistisch-diesseitigen Erlösung, in der Einswerdung mit der Gott-Natur. Und zugleich lächelt er wissend, weil er die Unmöglichkeit dieser Lösung bereits erkannt hat. Es ist das wehmütige Lächeln des Abschiednehmens vor dem großen Erwachen.

(Hans Jürg Lüthi, Hermann Hesse. Natur und Geist. Stuttgart, Berlin, Köln, Mainz: Kohlhammer 1970. S. 31 f.)

Literaturhinweise

Zum Gesamtwerk

Ball, Hugo: Hermann Hesse. Sein Leben und sein Werk. (1927). – Neuausgaben: Berlin und Frankfurt am Main: Suhrkamp Verlag (1956). 215 S. (= Bibliothek Suhrkamp. 34.) – (Frankfurt am Main:) Suhrkamp (Verlag 1977). 194 S. (= suhrkamp taschenbuch. 385.)

Baumer, Franz: Hermann Hesse. Berlin: Colloquium-Verlag (1959). 95 S. (= Köpfe des XX. Jahrhunderts. 10.)

Böttger, Fritz: Hermann Hesse. Leben, Werk, Zeit. (Mit einem Essay von Hans-Joachim Bernhard.) Berlin: Verlag der Nation (1974). 551 S. – 2. Aufl. 1975.

Boulby, Mark: Hermann Hesse, his mind and art. Ithaca, New York: Cornell University Press (1967). XIV, 338 S.

Field, George Wallis: Hermann Hesse. New York: Twayne (1970). 198 S. (= Twayne's World Authors Series. 93.) – 2. Aufl. 1972. – New York: Hippocrene Books, Inc. 1972.

Field, G(eorge) W(allis): Hermann Hesse. Kommentar zu sämtlichen Werken. Stuttgart: Hans-Dieter Heinz 1977. 245 S. (= Stuttgarter Arbeiten zur Germanistik. 24.)

Middell, Eike: Hermann Hesse. Die Bilderwelt seines Lebens. Leipzig: Philipp Reclam jun. 1972. 376 S. (= Biografien und Dokumente. 169.) – Frankfurt am Main: Röderberg-Verlag 1975. 376 S. (= Röderberg-Taschenbuch. 37.)

Rose, Ernst: Faith from the abyss. Hermann Hesse's way from romanticism to modernity. New York: New York University Press 1965. X, 175 S. – London: Peter Owen 1966. X, 175 S.

Stolte, Heinz: Hermann Hesse. Weltscheu und Lebensliebe. Hamburg: Hansa-Verlag (1971). 287 S.

Zeller, Bernhard: Hermann Hesse in Selbstzeugnissen und Bilddokumenten. (Reinbek bei Hamburg:) Rowohlt (1963). 179 S. (= Rowohlts Monographien. 85.) [Zahlreiche Neuauflagen.]

Ziolkowski, Theodore: The novels of Hermann Hesse. A study in theme and structure. Princeton, N. J.: Princeton University Press 1965. XII, 375 S. [Dasselbe als Princeton paperback, 68.]

Über Hermann Hesse. Herausgegeben von Volker Michels. (Frankfurt a. M.:) Suhrkamp.
1: 1904-1962. (1976.) – 482 S. (= suhrkamp taschenbuch. 331.)
2: 1963-1977. (1977.) – 524 S. (= suhrkamp taschenbuch. 332.)

Hermann Hesse im Spiegel der zeitgenössischen Kritik. Herausgegeben von Adrian Hsia. Bern, München: Francke (1975). 561 S.

Pfeifer, Martin: Hermann-Hesse-Bibliographie. Primär- und Sekundärschrifttum in Auswahl. (Berlin:) Erich Schmidt Verlag (1973). 104 S.

Zu „Peter Camenzind"

Hesse, Hermann: Über Peter Camenzind. Gruß an die französischen Studenten zum Thema der diesjährigen Agrégation. – In: Neue Zürcher Zeitung. Nr. 1688 v. 4. 8. 1951; Hermann Hesse, Gesammelte Werke (in zwölf Bänden). (Frankfurt a. M.:) Suhrkamp (1970), Band 11, S. 25-27; Siegfried Unseld, Hermann Hesse, eine Werkgeschichte. (Frankfurt a. M.:) Suhrkamp (1973), S. 18 und 20.

Köhler, Karl-Heinz: Poetische Sprache und Sprachbewußtsein um 1900. Untersuchungen zum Frühwerk Hermann Hesses, Paul Ernsts und Ricarda Huchs. Stuttgart: Akademischer Verlag Hans-Dieter Heinz 1977. 294 S. (= Stuttgarter Arbeiten zur Germanistik. 36.) S. 121-147.

Lüthi, Hans Jürg: Hermann Hesse. Natur und Geist. Stuttgart, Berlin, Köln, Mainz: W. Kohlhammer (1970). 158 S. (= Sprache und Literatur. 61.) S. 13-16.

Schöfer, Wolfgang von: Hermann Hesse, Peter Camenzind und das Glasperlenspiel. - In: Die Sammlung. Göttingen. 3, 1948, 10, S. 597-609.

Zu „Unterm Rad"

Hesse, Hermann: Kindheit und Jugend vor Neunzehnhundert. Hermann Hesse in Briefen und Lebenszeugnissen 1877-1895. (Ausgewählt und Herausgegeben von Ninon Hesse. Frankfurt a. M.:) Suhrkamp Verlag 1966. 599 S. (9. Tsd. 1974.)

Hesse, Hermann: Begegnungen mit Vergangenem. (Zuerst veröffentlicht in der „Neuen Zürcher Zeitung" Nr. 1147 v. 26. 5. 1951, dann in „Beschwörungen"; jetzt in:) Hermann Hesse, Briefe an Freunde. (Frankfurt a. M.:) Suhrkamp (1977). S. 84-89. (= suhrkamp taschenbuch. 380.)

Gottschalch, Wilfried: Schülerkrisen. Autoritäre Erziehung, Flucht und Widerstand. Reinbek bei Hamburg: Rowohlt Taschenbuch Verlag 1977. 215 S. (= rororo. 7070.) S. 168-210.

Karst, Theodor; Renate Overbeck; Reinbert Tabbert: Kindheit in der modernen Literatur. Interpretations- und Unterrichtsmodelle zur deutsch-, englisch- und französischsprachigen Prosa. Kronberg/Ts.: Scriptor Verlag 1976. 269 S. (= Scriptor Taschenbücher. S. 92.) S. 51-71.

Michels, Volker: Zur Aktualität von 'Unterm Rad'. Nachwort. – In: Hermann Hesse, Unterm Rad. (Roman in der Urfassung.) Frankfurt a. M., Wien, Zürich: Büchergilde Gutenberg 1977. 222 S., S. 203-221.

Schweckendiek, Adolf: Könnt ich Magie von meinem Pfad entfernen: Neurosenkundliche Studien an Gestalten der Dichtung. Berlin 1970. S. 65-81: Hans Giebenrath in Hermann Hesses „Unterm Rad".

Willecke, Frederick Henry: Style and form of Hermann Hesse's "Unterm Rad". – In: Kentucky Foreign Language Quartely. Lexington. 8, 1962, 3, S. 147-156.

Zu „Knulp"

Bengeser, Josef: Schuld und Schicksal. Interpretationen zeitgenössischer Dichtung. Bamberg: Buchner 1959. S. 9-30.